岁月留香

蒋胜香　著

中山大学出版社
SUN YAT-SEN UNIVERSITY PRESS
·广州·

图书在版编目（CIP）数据

岁月留香 / 蒋胜香著. -- 广州 ：中山大学出版社，2024. 12. -- ISBN 978-7-306-08310-4

Ⅰ. I267

中国国家版本馆 CIP 数据核字第 2024SD6315 号

SUIYUE LIUXIANG

出 版 人：**王天琪**
策划编辑：赵　冉
责任编辑：赵　冉
封面设计：林绵华
责任校对：周擎晴
责任技编：靳晓虹
出版发行：中山大学出版社
电　　话：编辑部 020-84113349，84110776，84110283，84110779，84111996
　　　　　发行部 020-84111998，84111981，84111160
地　　址：广州市新港西路 135 号
邮　　编：510275　　　　　传　真：020-84036565
网　　址：http：//www.zsup.com.cn　E-mail：zdcbs@mail.sysu.edu.cn
印 刷 者：广东虎彩云印刷有限公司
规　　格：170 mm × 240 mm　　13 印张　　169 千字
版次印次：2024 年 12 月第 1 版　　2025 年 7 月第 2 次印刷
定　　价：42.00 元

序

徐小江

普希金曾说："一切都是瞬息，一切终将过去，而那过去了的，都会成为亲切的怀念。"

每个人都有每个人的怀念。都说往事如烟，人总是在有了一定的阅历后，蓦然回首间，才发现过往点点滴滴，几多珍惜、几多留恋。

此时，品读蒋胜香的《岁月留香》，就会有一种亲切熟悉的感觉。也许这本书并不像是一桌"满汉全席"，也不是"熊掌鱼翅"，但这更像是一碟经过了烟熏火燎的腊鱼、腊肉。经过了岁月的沧桑和人间的烟火，显得格外有嚼头，让人口齿留香。

在《岁月留香》这本书中，无论"贵人""闲事"部分，还是"世象""陪老"等，虽然都是凡人小事，但是，我们会从中触摸到时代的脉搏、感受到生活的情趣。虽然，每个人都会有每个人不一样的青葱岁月，但是，我们从书中仍然能够感受到岁月的沉淀和洗礼，就像书中所描述过的故事，虽然那是一个物质匮乏的年代，很多人都经历了柴米油盐的困惑、吃饭穿衣的烦恼，但是弥足珍贵的是，人们对于精神生活的向往期盼和不懈追求，是那个时代的主旋律。

同时，这本书赋予了我们在情感的世界中笑对人生的普通人视角。每一个努力生活的人，都有着丰富的情感和对生活的热爱。作者笔下的人物，就像我们的家庭成员、朋友同事、邻里老乡，他们的每一个念想、每一个笑容，都如一缕清风，似曾相识，温暖着正在前行的你我他。

有人说：“没有经历过深夜哭泣的人，不足以谈人生。”文学即人学，正是作者对不同角色的人群的细致观察、描述和感悟，使我们能够从跌宕起伏的生活中感受到人性之美、发现之美、亲情之美。

古训有云：“常与高人相会，闲与雅人相聚，每与亲人相伴。”也许在作者的眼中，每一个感恩时代、不断进取、认真生活的人，都会不断遇到自己生活中的贵人、高人、雅人和值得珍惜托付的亲人。

而怀念过去，是为了更好地面向未来。我想，这也是本书出版的初衷吧。

是以为序。

（徐小江，中国新闻摄影学会地市报分会副会长
原中山日报社副总编辑）

目　录

贵　人

闲　事

世　　象

陪　老

贵人

闻生一家

离开家乡的时候，父母不停地祝福我：“儿啊，此去愿你东遇贵人西发财！”

闻生一家，就是我到广东后遇到的最大的贵人。

这年正月初七，天空阴冷地飘着小雨，我、先生和年幼的女儿，告别家乡的亲人，踏上了南下漫漫的旅途。九只大小不一的行李包，装了我们即将开始的新生活的全部物资。行李太多了，太笨拙了，火车站行人不解地注视着我们，我一声不吭，看着哥嫂亲人帮我托运行李。机械地进站，上车，把背着小提琴的幼小的女儿搂在跟前，不再看窗外，想着调往广东工作，人地两生，前途未卜，不由任自己把不舍的泪水流在了家乡。

因为雨雪天气，绿皮火车走走停停，正点到达广州站的时间原本是正月初八早上七点，但我们到达广州时已是初八下午六点差几分！

我心如灰冷，从省汽车站得坐近两个小时的大巴车才能到达我们的目的地——中山，真不知道下了车后如何把那堆小山般的行李从火车站搬到省汽车站，回到中山后又如何搬回今晚要住的“窝”。在火车上，我的先生跟我说过，他的一位中山的朋友答应清早来接站，但现在，晚点了十多个小时，那个朋友是否还在等待，我几乎是百分之百地否定。你想想，火车正常到站的话，人家也得早上五点起床赶到广州，你七点多八点到了也罢，哪里有可能从上午七点、八点、九点等你到晚上六点？是冬天，还是正月初，后来知道人家还是惜时如惜金的人！

我是完全不抱希望了，先生一边安慰我说朋友应该还在等我们，一边在旁边偷偷叹气。我催先生打朋友的电话，先生面露难色说，实在是有点太晚了，还是不打吧，出站看看再说。

火车站出口处。外面下着天空哭泣的眼泪。

密集的人群中，有一个高挑的男士在挥手："元娄西（杨老师)！元娄西！"先生一把攥住我的手："啊！真的还在！"

"我们在这！"先生大叫着！

那一刻，我差点腿一软，哭出声来！

那天晚上，我调到广东的第一天晚上，快八点时，先生的那个朋友用刚洗过的、喷了清新剂的小车把我们接到了中山，车子直接开进了一家餐馆。所有的一切，我们想的，先生的朋友都想到了，我们想要做的，先生的朋友帮我们做到了。

那时，我突然感觉，有时"谢谢"是多么苍白无力！

那一天，在我感觉凄冷的异地，先生的朋友给了我们第一缕温暖！

先生的那个朋友就是闻生。

"闻生"，是广东人的称法。广东人称成年男性，习惯于在姓的后面跟上一个"生"字，如张生、李生，相当于内地的"张先生""李先生"之类的，但又没有称"先生"那样刻板、生疏，它带一点随意，还兼一点亲切，只有很熟悉、很亲近的人才这样称。

我和先生却不称“闻生”，我们都称“闻哥”，我们认为这比称“闻生”更为亲近，像是在称呼自己的哥姐似的，也带有我们怀化的习俗。

闻哥的家族很大，成员中有从医的、经商的、从政的，也有新闻界、教育界的精英。闻哥的小家庭就是太太、儿子加上他自己三人。闻哥是20世纪60年代初期人，目前的职业是园林设计，业余时间也经商。有时，走到一处漂亮的公园或学校，我们在惊讶和赞美时，他会轻描淡写地用“广东普通话”告诉我们“这系（是）我谢（设）计和施工的”，或是“这间学校的绿化、美化系（是）我谢（设）计的”（广东省人很喜欢“间”这个量词）。

闻哥的太太陈姐是一所百年老校的校长。初次结识她时，她竟然同时当了三所学校的校长，让我们一家人佩服得五体投地。

接下来的日子，闻哥一家人走进了我们的生活。

最开始是小孩上学的问题。我和先生特别看重小孩，很希望小孩能进入当地最好的小学读书。几次相聚时，陈姐在和我小孩的交谈中，得知我的孩子符合相关条件。于是在她的关心下，我的孩子得以按程序进入那所名校就读。

我的小孩在那所学校从三年级上到六年级。有一天，我接到陈姐电话，我的孩子以全校第一名的成绩顺利毕业！电话中，陈姐有着当校长的自豪，更有着亲人般的喜悦！

这天，周六。陈姐登门找我，原来，她从电视上看到当地政府面向社会公开招考工作人员，已是报名的最后一天，她来说服我去报名。

在老家行政岗位奋斗十多年遗憾转身的我，到广东后已在一

所高中工作，不想再从事行政工作，于是坚决不答应。陈姐电话里说，她正在我家楼下。我很意外，陈姐很忙，平常请都请不来，再说，家里过于简陋，自己也不敢请。今天贵人光临，于是，我赶紧下楼去迎接。

“今天已是报名的最后一天，我来接你去报名。”

“您这样的人才，有实践经验，又懂理论，”陈姐说，“我和闻生看了一个星期的电视广告，感觉就您最合适。”

“我也特别对你有信心！”陈姐又接着说。

我终究听了陈姐的，坐了闻哥、陈姐的车，去到当地政府。在组织人事部门办公室，陈姐大声说：“我给我们政府送个人才来了！”对我是那么充满信心。

成功报名后，闻哥、陈姐夫妇一直都在关注。我被通知参加笔试环节时，闻哥、陈姐开车接送；顺利进入面试环节的通知一出，闻哥、陈姐比我还高兴。

终于，我离开学校，又一次进入政府部门工作，从事我曾经熟悉的工作。我努力又用心，工作获得了上级和同事的认可。

多年来，闻哥、陈姐一家人一直默默地关注着我们，随时给予我们这个小家庭以必要的帮助。他们得知我们买了房子，考虑到我们不认识装修师傅，闻哥帮忙介绍本地师傅，帮助我们装修房子，并给我们新家买来客厅吊灯；陈姐专门请了知名书法家为我们题赠作品，悬挂于家的墙壁上。

闻哥、陈姐对我们的关心不止于此。每当我的家婆、父母、兄嫂等亲人从老家来看望我们时，只要收到了消息，闻哥、陈姐一定会出面热情款待。闻哥一定会放下手头所有的事情，一回又一回，全程陪同我们，当“专职司机”“专职导游”“专职出

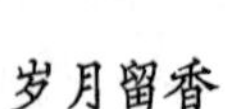

纳”，一直到我的家人离开中山。

我和先生都只是最普通的人，从内地过来后，普通的我们在经济上、社会资源上，都不能给闻哥、陈姐任何帮助。初来南方时，还没有小车的我曾经跟闻哥、陈姐说：“等我买了车，我请你们坐我的车去我的家乡看看。”时间过去多年，我有车了，却因为工作生活种种原因，至今一直没能兑现我的诺言。但是闻哥、陈姐从来没有介意过，反而，经常约我们一家子喝茶、吃饭、聊天，听我们倾诉，为我们解忧，并为我们这个小家庭取得的每一个小进步、小成就而同喜乐！

感恩闻哥、陈姐，相处多年，让我感受到了人世间最为宝贵的信任、温暖和亲情！也许我们无以为报，但我们完全可以做一个像闻哥、陈姐那样的人，温暖他人，回报世界！

（原载于2011年11月8日《边城晚报》，收录时有修改）

八年班主任坤师

我做过近二十年的学生，当过近十年的老师，在教育行政部门工作近八年，接触过无数老师，细细想来，坤师是我心目中最为感激的老师。感激的理由是，他的教诲不仅让我一路升学，他教给我们的很多东西还影响了我几十年，让我受益了几十年。

坤师是我小学五年、初中三年的语文和数学老师，也当了我八年的班主任。

坤师，是我们同村人，按辈分我该叫他叔叔。从民办到公办，从大队小学到公社中学，再到后来的乡中学，他教了我们村整整一辈人。他教过我的哥哥姐姐后，又教了我整整八年，然后，我走出了校门，他接着教我的弟弟们。

记忆中，坤师是大队小学里最了不起的老师。除了校长，学校里其他老师互相直呼姓名，唯独尊称他为“坤师”，让人感到他是个很有文化的人。一起长大的同学喜欢给老师起绰号，却唯独不敢给坤师取外号。坤师在小学教书时既教语文又教算术，后来到了中学则是既教语文又教数学。

小学五年，正是我们家最穷的时候，全家九口人，爷爷奶奶老了，最小的弟弟还在妈妈的怀抱中，只有爹妈两人出工，一年到头下来，总有几个月没有口粮。因此，全年的粮食只好匀着

吃，每天喝稀得照得出人影的稀饭。因为长期营养不良骨瘦如柴的我，身体十分虚弱，早上喝了稀饭上学，半节课没到就要请假上厕所，一节课往往得请假三四次。有的老师怀疑我在捣蛋，不准假，我细小的脸总是憋得流出汗水来，实在憋不住了，也就只能拉在裤子里，这是在我的小学生涯中唯一令人尴尬的回忆了。

但是只要坤师上课，我请假就不难，因为坤师了解我的家境。但不论怎么样，我上课永远都是最认真的，成绩总是第一、二名，这多少给我赚回一点面子。一次，听到坤师跟其他老师提到这些时，他叹了一句："肯读书的都到了他一家了，穷的也就数这一家了。"因为怜惜父母劳苦，我们兄妹谁也不敢掉以轻心，接力赛似的都以优异成绩离开了小学。

我们那个年代在农村读书是读得稀里糊涂的，但坤师教给我们的规矩一定不比城里的差。我们小时读书不像城里的孩子，有上早晚自习一说，还有辅导书。那时读书好像是读着玩，轻松得很，每个学期开学没几天，语文书上的课文我就全部会背诵会默写了，之后书本也就不知丢到了哪里，到了上语文课，我的桌面经常空空的。同学们很羡慕我，我也因此上课变得随便了起来，但坤师上课时我却不敢。

从上小学一年级起，他就给我们立下规矩：上课一定要坐得笔直，写字一定要写得大而方正，看书眼睛一定要离书本一尺远。他拿了根竹教鞭，在教室行间走动，谁做不到这三个"一定"，他就会伸出教鞭在这个学生的书桌上打得啪啪响，吓得所有人都不敢掉以轻心。坐立要挺拔、写字要方正、看书保持一尺距离，这些良好的习惯，坤师让我们保持了整整八年，而我则一直保持到了今天。当年我的同学就没有一个是近视眼，没有一个的字不是写得方方正正的，也没有一个不是身材挺拔的。

记忆中，坤师教育我的八年，是我最能自由自在地成长的八年。

我一直是坤师最得意的弟子。上初中后，县里一年一次的语文比赛，我总会拿我们那个片区五个公社的第一名。每当接到比赛通知的时候，就是坤师的节日似的，那时，矮矮胖胖的他，会换上一身没有补丁的蓝色中山装，带着我去参赛。他跟别的学校老师交谈的时候满面放着红光，总喜欢提起我："这孩子聪明极了"，"我这个学生读书能过目不忘，再考个第一没问题"……他吹嘘自己的弟子一点都不觉得难为情，总是眉飞色舞，旁边其他公社的老师都露出羡慕的神态。但事实上，在比赛的前几天里，坤师总是很严厉，不知从哪里找来《少年文艺》一类的读物，临时给我补补，完全不像在外人面前那样无所谓。

可惜那时的我，因为年幼无知，对他的教诲却总是不以为然，对他的自豪"吹嘘"更是没有一点体会。

在我小学毕业的那一年，坤师因为成绩突出，被破格提升到了公社中学当老师。初一年级共三个班，坤师坚决要求教我所在的班。1981 年夏，县教育局在县城开表彰大会，上初一的我被评为全地区"三好学生"，同时获得全县初一年级语文比赛第一名，前去领奖。

我怀揣着父母给我的"一元大票"，跟着收拾一新的坤师，第一次走出家乡来到县城，代表我们公社中学参加了大会。会议结束了，坤师仍旧沉浸在喜悦中的时候，我却用那一元钱到街上买回 50 支五颜六色的冰棍，用一个塑料袋装了，坐上车准备带回家孝敬爷爷奶奶和父母。客班车在乡间公路颠簸着，我捏

了一根红色的冰棍，小心地从下往上舔，一滴不漏，吃生平的第一根冰棍，吃得专心致志。不知什么时候，坤师站在了我旁边，他心疼地提起塑料袋，我这才发现其余四十九支冰棍已是融化得一塌糊涂不能分辨，坤师张着塑料袋叫车上的乘客快拿来吃。第一回，我发觉了自己欠缺见识的悲哀，萌发了走出大山的念头！

坤师很关爱我。我的家与中学隔了马路建在相对的两座山坡上，空中距离也就百来米。农村孩子每天早上要做不少家务事，我总是在打第一次预备铃时，才能放下手中的活计去上学。坤师负责打铃铛，这时的他，站在操场边眼睛瞧着我家的方向，嘴里大声吆喝催促着我，手中不紧不慢地敲着那块做铃铛的厚铁皮。我急匆匆梳好长辫子，找到没有笔盖的钢笔，捏上语文数学书，赤着脚飞快地跑进教室，往往刚落座，铃声便戛然而止。当坤师八年弟子，我从来没有迟到过。他让我这个想读书而又饱受贫困折磨的农家女孩拥有了一份完整无缺的自尊心。

坤师培养了我一颗平常心和感恩的心。在小学中学八年中，我品学兼优，获得过无数大大小小的荣誉，但是我并非一直当班长。坤师让我当劳动委员，一个学期定了全班种 800 斤土豆的任务；他让我当卫生委员，是因为我家离校近，从我家带竹扫把和铲子很方便；他让我当学习委员管学习，当生活委员关心人，当副班长管纪律……读书的时候读书，一下课，一刻不得停留，坤师却催着我赶紧回家去放牛、去挑井水、去捡柴火做家务，替松一下辛劳的父母，那时，我感觉他不是老师，是一个务农的村夫叔叔。

多年过去，我的坤师已是八旬老人。时光流逝，但恩师给我基础习惯的养成、保持自尊自信的信念、常怀平常心的教诲，却一直伴随我，走过春夏秋冬。

（原载于2023年9月10日《南方周末》，收录时有修改）

牙医旭明

出门在外，最怕接到父母生病的电话。夜里一点多，睡梦中的我突然接到千里之外老父亲的来电，说是老母亲牙痛实在是厉害，两个老人备受煎熬，不得安宁。我知道妈妈牙痛有两天了，白天叮嘱父亲带母亲去乡里卫生院看了医生拿过药。父亲电话里说，妈妈服了乡卫生院医生开的药，又用了口含盐水、涂风油精等土办法，都没能缓解痛楚。我心疼地安慰着父母亲，跟着煎熬了大半宿。

我一边寄希望于天明后妈妈的牙痛能减轻点，一边想着天亮后赶紧给老人快速寄去特效药以解除痛苦。好不容易熬到天亮，我立即给我认识多年的牙医张旭明医生发去信息求助："张医生，早上好！我妈妈昨夜牙痛得厉害，她的牙齿块状脱落，剩牙根未掉，牙龈痛了好几天了。老太太有糖尿病和冠心病。请教张医生，我买点什么止痛药寄过去为好呢？"

父母年事已高，却一直不肯离开老家跟随子女到城里生活。人年纪大了，一些老年病也随之而来，牙病就是其中之一。人说，牙痛不是病，痛起来要人命。我自己也曾经被牙痛折磨过，想象着妈妈牙痛得吃不下睡不着的情景，我心急如焚，恨不得立即飞到他们身边，带去看病问药。可惜相隔遥远，远水解不了近渴。

“早上好！用点消炎药和止痛药，应该有用。”6分钟后我收到了回信，张医生写了具体的两种药名。我开心地回复：“好的，非常感谢！我马上去买了寄回家去！”

我出门直奔一家24小时药房，药房没有张医生指明的那种消炎药，只看到相似名称的胶囊，我拍了照片发给张医生，张医生明确回复不行。我顿时有点泄气，飞快地又走了两家药店，依旧没有那种消炎药。

过了大半个小时，我正准备往下一家药店走，张医生给我发来信息：“你告诉我地址，我帮老人家寄药过去，好吗？”

那一瞬间，我惊呆了！

张医生原本是内地某省人民医院口腔科的专家，南下后不久自行创业办了牙科诊所，因了他精湛的医疗技术，更因为他的仁心医德，他的诊所总是患者满满的，找他出面看牙需提前预约。我的妈妈只是一个遥远地方的乡下老太，这么忙碌的他，还要亲自给一个不认识的老太太寄快递？

为了母亲早点解除痛苦，我给了张医生地址。很快，张医生给我发来快递寄的药品照片和快递客户存根照片，说：“我把单号给你，可查询到达时间。”从我发第一条信息到快递寄出，全程不到一个半小时！

我赶紧回复“张医生，收到。真谢谢您了！还请告知药费”，并立即给张医生发了一个微信红包，上面标注“诊疗药费快递费，感恩”，但张医生却并没有收下。

药寄出了，我的心稍稍踏实了一些，电话告知父母说，有一位最厉害的牙医给家里寄药了，父母充满了信心和期待！

认识张医生有很多年了。二十年前，我刚从内地调到广东工作，因水土不服加上工作生活压力大，牙痛长达数月，从市里看到省里，因面部一触就痛，一直被诊断为三叉神经痛，我不敢刷牙，不敢张嘴说话，吃东西甚至咽口水都异常痛苦，痛得人憔悴不堪。

经朋友介绍，我认识了当时在某医院口腔科工作的张医生。稍作检查，他就非常轻松地对我说："哪是什么三叉神经痛，就是个牙的问题。"他安排我拍了个片，拍片证实了他的诊断是对的。在接下来的治疗中，张医生一边轻松风趣地跟我聊着天，分散着我的注意力，手里却不停地从助手手里拿过器械忙碌着。看着我紧张的样子，他说："稍后会有蚂蚁咬一口那么小小的痛，然后很快就会给你消除掉痛苦。"看着淡定的张医生，我安静下来没有了恐惧，麻醉几分钟后，我还在想着下一步会怎么样的时候，啪的一声，坏牙被取出来丢在了手术盘里，人一下子就轻松了，再抚摸面庞，没有了所谓"三叉神经"的痛感！那一瞬间，我流下了感激的热泪！

张医生不仅治好了我的牙病，还热心教会了我护牙的许多知识。在认识后的二十年里，我发现，这也是张医生所有患者免费享受的福利。

与其他医生或是牙医相比，张医生有着许多不同。比如说，除了治牙，他还很会"治人"。众多的牙病患者来到他的诊所，往往是既治好了牙，还治好了心病。与前来诊治的公职人员交谈，他可以从天下大事、国内大事一直谈到地方政府的近期大事，他爱国爱民，满腹经纶，倾听患者分享工作的压力和生活的烦恼并给予建议。与带孩子前来诊治的家长交谈，他会谈及育儿的不易、如何应对青春期孩子的叛逆，让家长们紧皱的眉头舒展开来。对诊所里庞大的大中小学生患者群，他会风趣幽默地问到学习的方法、压力，这些遍及各个学业段的学生往往会滔滔不绝地跟他倾诉自己对父母、对老师的看法。那些年老的街坊们来看牙，他又会用地道的方言与患者耐心地交谈，告诉他们治疗的方案和治疗后的注意事项。

我会定期去到张医生的诊所洗牙、检查牙。多年来，张医生的诊所扩修过好几次，每扩修一次，医疗设备都会更新换代，变得更为先进和完善，医护人员队伍也在扩大。但他对医技、医德的要求却一直没变。他诊所的诊治和管理都规范严格，各种制度上墙，每一个医护人员都必须经过数次的培训和操作检验合格后才能上岗。对于患者提出的盲目箍牙、种牙、整形等治疗大项目，他会换位思考，将心比心，耐心说明道理，做足科学方案，避免患者不必要的花费并取得最佳疗效。

以前，我每次去看牙，张医生一定是亲自出马。后来，看到张医生很忙，我也会主动提出由诊所其他医生看，因为，我信得过诊所里的每一位医生和护士。有好几次，我去诊所的时候，张医生不在诊所，他的弟子们告诉我，他去广州或是上海去参加国际最前沿的口腔专业技能培训去了！也有的时候，见到张医生静静地坐在诊所里，静静地看着忙碌的医护人员操作。

二十年了，张医生的诊所仍如新开张的一样，宽敞、明亮、洁净、现代而又温馨，只是那几面墙壁柜里从地面堆到天花的一排排的牙套、牙模，以及医护人员温暖的笑容，让人感觉，这里是一处令人放心的牙科诊所。诊所地址也一直没变，即使经历了

三年难忘的防疫岁月，张医生牙科诊所的大字招牌仍然闪亮在一排大树繁茂的绿叶中，从来没有暗淡过。

（写于 2023 年 10 月 12 日）

丽霞和力彤

南下广东，我的第一站是中山市某高中学校。在这里，我认识了丽霞、力彤、绍金、梅青、冠雄等人。人在最无助的时候，如果有人关心着你，人在面临重要的抉择的时候，如果有人与你站在一起，那么，这些人一定是上天派来温暖你的人。南下二十年间，我有幸遇到了他们。

（一）初相识

初进高中学校，我被安排在学校办公室工作，和力彤是搭档；丽霞、绍金在隔壁教学处任教辅员。丽霞、力彤她们在办公室教学处一干就是二十年，而我后来却辗转政府多家单位，但这并不妨碍我们之间的交往。

初到南方，因为水土不服，我牙痛得厉害，引发了三叉神经痛；又加上初来乍到一个新的领域，对领导交办的一些工作业务不熟，我在学校几乎不开口说话，更不喜与人交往，只是沉默着，忙碌着，内心充满孤苦无助的感觉。

力彤是学校资深老师，娇小清秀，说话温柔，为人低调。面对办公室繁杂的工作，她有条有理，不愠不火，不卑不亢，忙而

有序。对待我，力彤表面没有格外的热情，但却有着十足的耐心和关心。她细心周到地向我介绍学校情况，耐心教我制作全校人事工资电子表格，关心地过问我初到南方的饮食、出行等生活情况，让我倍感亲切，很快就能较好地处理办公室各种工作。

丽霞形象性格与力彤完全不同。初见丽霞，只见高挑的身材，圆润脸庞配秀丽卷发，妩媚身姿着七彩长裙，亮闪闪的高跟鞋，人未进门笑声先到，顿时令人感觉到一份青春靓丽和生命活力。这不是衣服带来的，而是她这个人带来的。每天，她都打扮得花枝招展的，是的，真的是花枝招展，没有贬义，是真的像花儿一样，袅娜着出现在我的跟前。圆润的脸，圆润的胳膊，圆润的双腿，加上圆润的笑声，让人感觉到，她是健康的快乐的！我看到，她很少穿重复的衣服，如果衣服是重复的，她也一定会做点变化，比如换一条小丝巾。只有笑声没变，她每天都是笑意盈盈的。

在学校工作期间，很感激力彤和丽霞的出现，让我很快走出了孤独，融入了大家庭。特别是每到上午十点左右丽霞就会身着长裙飘然而至，邀请我和力彤去办公楼五楼参加大课间活动，那份美好至今仿佛就在昨天。

那时的学校，崇尚体育，校园两座体育馆外墙上，“每天锻炼一小时，幸福生活一辈子”的鎏金标语闪闪发亮。每天课间操和下午最后一节课后，校园一定是热闹两回。尤其是最后一节课后，师生们运动氛围浓厚，学校体育馆、足球场、篮球场、羽毛球场上，热闹非凡。

最热闹的当是学校上午的课间操。课间操时间长达三十五分钟，学校数千学生，集体做完课间操后，高中部学生还要按三个

年级分别围绕运动场跑步十分钟，初中部学生按年级踢毽球、跳绳，集体吹葫芦笙。

所以，一到课间操时间，校园里运动进行曲、广播声、口哨声、跑步声、葫芦笙声先后响成一片，令人热血沸腾。这时，你想坐在室内，那简直就是不可能。连最不喜欢运动的老师，这时也往往站立窗前，俯瞰热闹的校园。

课间操时间较长，丽霞这个热心人便在行政大楼五楼组织教工课间舞蹈。拗不过丽霞和力彤多次热心的邀请，我终于答应一起上五楼看看。还在四楼楼梯上，就听到了《荷塘月色》的曲子。上到五楼，一个约三百平方米的大厅出现在眼前。有男男女女五六十位老师，正在跳着类似广场舞的舞蹈。有人看到了我们，于是大家停了下来，有人关掉了音响。

丽霞大声说："我把我们美丽的香香公主请来了，大家欢迎！"

于是，热烈的掌声响起！

"大家继续吧！"丽霞说。

音乐声重新响起，大家继续舞动起来。这期间，不时有老师从楼道口加入进来，一下子就有了一百人左右。

"你先看看我们的动作吧，不着急跳。我们不在乎跳得好不好，我们只在乎跳得开不开心，还有，有没有出汗。"丽霞对我说。

我应着。我看到，的确如丽霞所言，老师们才不管跳得好不好看，总之，就是活动全身关节来了。丽霞站在队伍最前边中心，应该是她在教大家动作吧。看到有几个平日里举止端庄的中老年老师，此刻，撅臀扭腰，老手老脚骨骼僵硬，说是跳舞，不

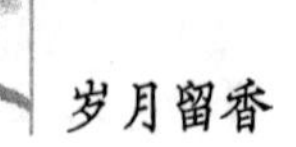

如说是甩手跺脚，好久没笑的我不由得咧嘴笑了起来，那一刻，我忘了牙痛。站在前边的几个年轻点的女老师，动作柔美，更是让我感到赏心悦目。

笑声、音乐和舞蹈让人忘却烦恼，多年过去，丽霞领舞的优美身姿一直印在我脑海之中。

（二）换工作

我来学校之前，曾有着在政府机关部门工作多年的经历，之所以选择来学校工作，是想让之前辛苦的身体得到放松，走一条最平凡的常人之道。但，我在学校还是经历了一些事，这使得我两次进入这所美丽的学校，又两次离开。对于我的两进两出，丽霞和力彤特别理解和支持。

当又有政府部门专门派人到学校找我，请我重回部门工作的时候，丽霞和力彤毫不犹豫，支持我的想法。

我找了个周末，和丽霞到新的单位"考察"。对于未来要去的地方，我是新奇而又忐忑的，我有底气，却又勇气不足，信心不够，需要有人助阵加油。

最终，到了与对方领导见面商谈的日子了，丽霞仍然选择陪同前往。我参加领导座谈面试的时候，丽霞送我到大门边，并一直在楼下等候。当谈完话我走下二楼楼梯的时候，丽霞拿了矿泉水马上迎上来。当得知我们双方谈妥的消息时，丽霞说："我就知道他们一定好满意的啦！"那份自豪，那份喜悦，一点都不假！

正式调离学校后，丽霞陪同我到新单位报到。在新单位工作的第一周周末，丽霞夫妇专程去看我，并将她所认识的当地的老乡朋友约出来，在一处湘菜馆为我一一介绍，接风洗尘。

丽霞和力彤总是说："你有那么多年的政府机关工作经历，在学校工作，大材小用，太浪费了。"我虽不是大材，但也希望自己的天地更广阔些，于是，在丽霞、力彤、绍金、冠雄等老师朋友的鼓励和祝福下，我第二次走出校园，重新走回了政府大院。

（三）爱生活

在我几十年的人生经历中，我从来没有遇到过一个人，有如丽霞那样，对一朵花、一棵草，一座山、一条河，都那么充满激情，更不用说，她对一个人、对一座城是多么地倾情和热爱。朋友们都很喜欢和她相处，因为不管天晴、天雨，跟她在一起都会有阳光的好心情。美丽是她的形象，乐观是她的名片。

我清楚地记得，从认识她起，骑自行车的她，是快乐的；骑摩托车的她，是阳光的；开小车的她，是灿烂的。她不是什么达官贵人，可她身上举手投足间分明就有一种高贵的气质。她从内地一所中专调来中山后在高中工作，虽然只是一名普通老师，从事着一份很普通的职业，却可以把平凡的事情做得十分出色。且不说学校教学活动有她自始至终的参与，单是学校工、青、妇活动的组织，大型文体活动的舞台，哪里都离不开她。她对朋友掏心掏肺，在最适宜于购买房屋的时候，劝说并资助身边十几位同事朋友在市区最好的楼盘买下了如今令人羡慕的房子。她不是最漂亮的那一个，但她春夏秋冬打扮时尚满身活力，走到哪里都自带光芒令人眼前一亮，绝对是最爱美的那一个。

她普通，但不影响她的热心，不影响她的美丽。得到她关怀的人太多，喜欢她的人太多，受她影响的人太多，围在她身边的人太多，以至于忙碌的我总是只能远远注视她，祝福她。

（写于 2024 年 4 月 22 日）

这些师傅们

装修房屋，跟一些师傅们打交道，心生不少感慨。

（一）泥水工冯师傅

冯师傅夫妇出现在我面前时，我对这两位由友人鼎力推荐的泥水工师傅印象还是挺不错的。夫妇俩中等身材，脸色红润，神态平和，女人不多言，男人说话主动。

身为工薪阶层，买套房子实属不易，而装修，更感觉是百年大计。因此，我内心特别看重装修的质量，当然，还有价格。

在这之前，我对装修并不懂，虽在网上查了查有关装修的事，也多方从朋友那里了解到一些皮毛，但真的到了实行，其实心里是没什么底的。

我不懂装修，可我并不想让装修师傅认为我不懂，我担心对方会因为我不懂而坑我。于是，尽管友人说这冯师傅手艺如何好，为人如何好，我在内心都保持一份警惕。

比如，装修之初，我坚持要签合同。这一点，让冯师傅有点反感，他脸都涨红了，说他专事泥水装修二十年，靠的就是自己的手艺和诚信。他说事前提出的工钱单价，后面都不会变了。他又说，经他做的活，如果有问题，他都会包干维修。又举出例子说，多年前、前年、去年他装修的人家，就从来没有一个要和他签合同的，等等。我却坚持说，签合同对双方都有利，还是坚持要签。冯师傅感觉到了我们对他的不完全信任，露出一点失望的表情。但现今社会复杂，让我这个人不得不防患于未然，所以还是坚持要签。冯师傅最终也不情愿地签了。

又比如，挑选地砖，购买电线水管，冯师傅都给了我们一些建议，我却半信半疑，坚持一家一家到实体店去比较、选择。他说买某某品牌的线路和水管就好，我却不作声，私下调查了一大圈，证实了他说的确实是对的，才决定去买，并请冯师傅为我们开列出清单。原以为，水管和电线就是两样干干落落的东西，谁知冯师傅竟开出了满满两页纸的器材及配件，这让我第一次对冯师傅刮目相看，意识到自己的无知。我们诚心请他吃了顿午餐，并请他代为购买水电所有器材。

半年多来，和冯师傅夫妇的交往日趋友好。他和他的妻子非常尽心，对于我们每一个环节的装修，他以一个内行人的身份给我们提了不少建议，但也充分尊重我和家人的想法。我们发现，他的建议不掺水分，是他二十多年来的装修经验所谈。到后来，我们每进行到一个环节，都要听听他的建议，他对中山的装修行情、家装市场都非常了解，有时，会带我和家人去一些我们从未听说过的市场，真的让我们大开眼界。那个时候，冯师傅往往骑着摩托，带着他不多话的妻子，在前面带路，我和先生开着小车跟在后面。每次看到他们夫妻戴着头盔行驶在街头的身影，我都感动不已。这一对夫妻风雨同行，用他们最好的手艺赢取他们最好的生活。

到现在，我的房屋装修已近尾声，属于冯师傅的工程其实已经没有了——当然，冯师傅的手艺验证了友人的推荐——但我依然把钥匙留给他。是信任他，也是麻烦他。我买了几批家用电器，货到时，都是请了冯师傅代我们收货、验货，免除了我们上班需请假前往、费时费力的苦恼。

我曾经担心过一回，当时请了一位电工师傅安装筒灯，我打电话问冯师傅："那些电器放在里面是否安全？"

冯师傅回答说："我们这些干活的人就不会去走歪门邪道，要走歪门邪道的人就不会来干我们这行。"

这句话深深地敲打了我。

我不由得想起当初的合同，那里面，并没有标明随时帮助我们是冯师傅的义务。

（二）空调安装员蒋师傅

之前，我对安装空调只懂得一点，那就是下雨天不可以安装。而在我们小区，周末和休息时间也不可以安装空调。这些因素的制约，使得我们和空调安装师傅的几次预约都作了改变。

但空调公司安排给我们的安装员蒋师傅却并没有不耐烦。

蒋师傅很年轻，见面时聊天得知他才 26 岁，是个两岁孩子的爸。

安装时，他对于我们给出的位置提出了建议，我和家人听了觉得有道理，就听他的了。

他说，总部给他的任务，是每天安装八台，这是最基本的数。

我头一回听到，吃了一惊。

他说，像我们这种新家装新空调，真的是极好的事。有时遇到客户，是拆了旧空调再装新空调，那就费的时间多些，有时安装一处就要两到三个小时，还不能生气，还要确保质量。有时是在几十层高楼上安装，既危险，又费时间。还有一种情况，就是客户安装空调的地方不方便，有的需加接管道，等等。这几种情况下，有时一天忙十几个小时，却还不能完成任务。

我不由得想到，以前，我见到六月烈日下，晒得黑如泥鳅的小伙流淌着汗水贴在高空墙壁安装空调作业的情景。

安装好了，蒋师傅说，如果对他的工作满意，请我们对他的工作给个好评。并说，可以加他的微信，以后有什么问题都可以问他。

得空时，我进到他的微信圈看了看，看到他分享的关于亲情、生活、工作的观察和思考的文章，能看出这是一个有血有肉、有担当有思想的小伙子！

我的房子装修好了，我的脑袋也经历了一次装修。真心感谢给我的新家带来美丽和舒适的泥水工、空调安装员等师傅们！也真诚地祝福这些善良勤劳的师傅们！

（写于2017年4月28日）

大家风范

我来北京之前有个想法，想带正在上高一的孩子去拜访一位北大老前辈黄老先生。考虑到老先生位高事多，加之多年未见，心中还是有点忐忑。犹豫中，我先生说已联系好了，我不好意思不去，只好给老人家打了个电话。

电话中传过来爽朗的笑声：“我知道你们来了，说吧，你现在在什么位置，有车吗？”那份直接干脆，根本就是年轻人的气派。

我们约定一个半小时后在北外校门口见面。老先生电话中还告诉我，他和太太明天就要去德国，另外，他还将请另外一位德高望重的徐教授和我们见面。感动之余，我和孩子不敢怠慢，坐了朋友的车迅速过去。

路上堵车，加上不熟悉路，我们还是迟到了近四十分钟。老先生不时发来信息叫我们不要着急，要注意安全。我只觉得惶惶而又惭愧。

相见了！那一瞬间，年轻的老先生大步上前，握住我和孩子的手，亲切、随和，并和我的朋友一一问好。说话间，老先生带我们上楼，刚进大门，着橙色上衣的、身材高挑的徐教授从楼梯上快步而下迎向我们，我赶紧上前！上得楼来，黄教授夫人已坐

在桌旁。

两位老教授，一个是北大名师，一个是清华大家，中午不午休，专程在饭店订了位等候我这个远方来的小人物，除了不安，我甚至感觉到自己的大不敬！

席间，两位大师问候我和我先生的情况，细细地跟我的孩子交流。黄教授现在仍是北京一名校校长，事情之多可想而知；徐教授虽已退休，但仍在国家某机构忙碌。一边是北京城里高等学府的老前辈，一边是来自乡里的小百姓和在北京城里创业的年轻人，却一直是欢声笑语，没有了拘束和隔阂。三位老人问了我们后几天的安排，当听说我们准备带孩子去北大、清华看看时，黄教授笑着对徐教授说："这事您负责了。""当然！"徐教授爽朗地笑着。时间就这样一晃而过。下午三点，我们才送别三位老人。

目送着大家远去的背影，发觉，他们和常人一样的普通。

也许，不普通的是他们的内心世界和精神，而这一点，正是大多数普通人必须花时间去学习的。

（写于 2011 年 7 月 17 日）

阿　东

阿东是我到南方后在卫生健康局工作时的一名领导兼同事，也是一名年轻帅气的全科主任医生。初识阿东，他白净斯文，满头黑发，俊气爽朗。因为为人谦和，能力突出，关心同事，局里上上下下没人称呼他的职务，全是“东哥，东哥”地叫着，他也总是乐呵呵地应着，毫不违和。

我最初是在行政工作中与阿东打交道，知道阿东在他的公卫医护团队、疾控团队中威信很高，还很有亲和力。后来，工作之外，我也因为家里老人健康问题三天两头私下里找他寻医问药，他每次都乐呵呵地应着，我也不再喊他主任，就直接喊他“阿东”了。

过了几年，阿东在短短的一个月内突然满头头发变得灰白。原来是他的父亲身患重症，医院劝说让回家。阿东刻苦钻研，自己给父亲开药治疗，硬是让老父亲多活了好些年。当老人去世的时候，阿东几乎一夜白头。

对于这样一个医术了得、重情重义的同事，我内心自然是非常钦佩和尊重的。

（一）

阿东是一个好医生，早年在医院工作的时候就留下了很好的口碑，总有一些病人执拗地要找寻他看病。有一天上午，他去市里开会，有一个年轻妈妈抱了孩子找到了局里，声称是她家里老人交代的，执意要找“梁医生”（就是阿东）给孩子看病，硬是等了一个上午。接到消息，阿东散会后中饭也没顾上吃就匆匆赶回单位，给等候他的病人看了病，让那位年轻妈妈放心地抱了孩子回家。

阿东日常管理着社区卫生服务中心团队五十多号人。他对这几十号人，不论是医护技能水平，还是工作生活状态，都几乎是了如指掌。亦师，亦友，亦亲，同事们也亲切地称他为“东哥”。正因为如此，只要有需要，开展工作、迎接考核、处理应急事件，这支队伍一定是一呼百应，齐心协力。

阿东是当地资历最老、时间最长、热情最高的公卫人。与他聊起公卫工作，他从 1997 年中山市社区卫生机构最初成立时起，逐年谈到如今，二十余载间，关于公卫工作一些重大事件的发生，一些重要政策的出台，他能清晰地记到年月日。细数当地社区卫生事业发展的点点滴滴，感觉得出他为公卫事业的发展而高兴，为社区卫生服务队伍的壮大和成长进步而高兴。

2016 年，阿东率领他的团队在中山市首创“互联网 + 慢病”管理模式，免费向全镇高血压患者发放智能血压计服务包，收集病情监测数据，线上开展健康宣教，紧急干预患者并及时转诊上级医院，有效避免了患者走向重症的风险。2019 年，阿东又拓展“互联网 + 糖尿病管理”模式。阿东的大胆创新，为寻常

百姓开展可移动、可追踪、可互动的智慧医疗，提供不用出家门的智能服务，减轻百姓家庭乃至政府的压力，对合理配置医疗资源均作出了积极贡献，因而引起省市关注，得到市委市政府的肯定，阿东和他的队友也成为当时全市唯一承接国家重点计划“城市社区高血压综合管理适宜技术研究及示范推广”项目的团队。

2020年初，新冠疫情突然来袭，阿东以极强的敏感性，未雨绸缪，按照国家卫生部门政策提早布置了基层的疾控工作。当人们还在面对未知的疫情而出现恐慌的时候，阿东毅然前往安置第一例疫情感染者，以他扎实的专业基本功处理险情，安抚群众。

阿东专业、敬业、友好、上进，与这样的人共事是幸运的。二十多项公卫工作，他样样精通。只听到过同事跟他倾诉苦衷，却从没有听到过他有怨言。班子成员同舟共济，相互扶持，在卫健局工作期间，我的工作得到了阿东极大的支持和帮助，四年多的卫生健康工作成为我职业生涯中一段美好的回忆。

（二）

除了是同事，阿东还是我和我先生的好朋友，是那种一年可以麻烦无数次、有病就问、有问必答、药到病除的医生朋友；是那种有乐同享、有忧同担、雪中送炭、扶持共进的好兄弟。

日常生活中，除非是迫不得已，我是轻易不去医院的。医院氛围不好，还太麻烦。排队麻烦不说，各种检查让你一次不成两次三次地跑医院。时间上耗不起，心情上也经不起，所以，我自己有点小病小痛，往往是忍忍就算了。

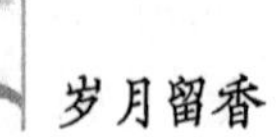

但我家婆从内地来了广东我家后，情况就不同了。人到老年，生病就多。老人动辄不舒服，肚子胀、便秘、头晕、咳嗽、骨头痛等等，三天两头，此起彼伏。再加上老人脆弱，一有点不舒服，早早晚晚哼哼呻吟着，格外令人着急。我不是医生，每次老人跟我说了，我都得想办法带她去医院看病，每到这时，我就想着，要是自己是医生该多好，要是自己认得医生朋友该多好！

有一天夜晚临睡前，老人突然说肚子胀得难受，好几天了，受不了了！情急之下，我打通了阿东的电话，阿东听了病情描述，给出了药名，我先生立即去小区药房买来药，老人家服药后得以睡了个好觉，第二天醒来症状减轻了许多。

自那以后，老人家一有不适，我就给阿东电话问药。前前后后好几年，我基本没带老人家再去医院，哪种不适用什么药，我用笔记本记了五页多。

今年，我的父母也来到广东小住。我的母亲有高血压、糖尿病等多种病，父亲有痛风等，阿东专门登门为我父母看病，给出治疗方案，并每天跟进治疗。在治疗中，阿东还不时夸奖和鼓励老人，给老人家以最有效的心理安抚和巨大的信心。现在，我家婆和我父母因年高均已回到老家生活了，电话里老人家们还时时记起阿东医生，感谢阿东治好了他们的病，连连说阿东是他们在广东遇到的贵人。

那天，和阿东等几位老友相聚正喝茶，其间，阿东接了两个电话，都是问询家里老人病了用药的事。其实，这就是阿东的日常小插曲，我们几个老同事、老朋友也早已见怪不怪了。在阿东的电话号码本中，除了同事，不知还有多少基层老百姓的电话号码，他们都是阿东在公卫工作家庭医生服务中建立了家庭健康档案的患者和家属，阿东每接听他们的一个电话，就意味着解除了一个人的一次痛苦。

治疗一个人的身体疾病，顺便送上一份心理安抚。阿东，就是这样一个人。

（写于 2023 年 12 月 25 日）

闲事

妈妈不害羞

中午在单位饭堂用餐，饭堂已坐满人了，只见到一处放有一个大饭盒的桌面还有空位，于是便走了过去。

一会儿，一个三十多岁的女的端了饭盘过来，坐在我对面。

“饭盒是你放的？我有没有坐你占的地？”我赶紧问。

“没有没有。”她有一丝儿不好意思似的，赶紧把原来放在桌上的饭盒放到了身旁的座位边。

我抬头看着前面墙壁上的电视机，边吃着饭。我发现，在我注意力转移的时候，对座轻轻地准备将饭菜装进自己带来的饭盒。

“你不吃饭啊？”我问。

见我“发现”了，她脸有些红，停住手中的动作。

“呵呵，我吃一点，剩下的给小孩带点回去，估计小孩在家睡得很晚才起床。”她说。

“哦，家里有没有老人家帮着带小孩啊？”我问。

“没有，有时是他爸爸从单位转回去看一圈。”她说。

“没有老人帮着带，那你们夫妻就辛苦些。”我真诚地说，“不过，等到开学后会好一些的，是吧？”

“对、对、对”。她感觉到了我的真诚，跟我聊了一些其他的话题。

慢慢地，她很自然地吃起饭来，但我见到，她的盘子里，有两块鱼，她一直没动过，饭堂发的每人一个的水果，她，也没动过。

我吃着饭，继续抬起头来看着电视，不再看她，却瞥见她快速地将自己没吃的那份鱼夹进了准备给她孩子带回的饭盒。我装作没看见，过了几秒钟，才转过身来，说："你吃好了不？我们走吧。"

"吃好了，吃好了！"她说。于是，她端起饭盒和我一起离开饭堂。

我知道她也是政府工作人员，我们没有互相问姓名，虽然不认识对方，但我知道，我和她一样，都是做妈妈的。当年，当我的孩子还小的时候，我也有过这种经历：在外面遇到有好吃的，我是宁可自己不吃，也要把自己那份带点回去给孩子和老人。当时我想的是：孩子那么小，我做妈妈的不考虑她，谁来考虑她；老人那么老，现在不考虑她，以后怎么考虑？

只是，孩子，你还记得妈妈给你带过吃的吗？你能知道妈妈悄悄带吃的给你的时候那份不安、害羞和坚定吗？

（写于2014年8月25日）

好事趣记

喜欢做好事，好几回却落得尴尬收场，想来也觉好笑。

（一）

大街上，一个文静的女孩行走在对面。很普通的穿着。突然发现她的皮带露出一尺来长，军绿色的，走路的时候一搭一搭地，让人感觉好不雅观，她也没感觉。

我得提醒她，于是想都没想，飞快地穿过街道，对她说："姑娘，你的裤腰带掉出一截来了！"

然后等待着她说一声"谢谢"，之后，我会说"呵呵，别客气"。

可事情不是这样的。

事情是——

女孩瞥了我一眼，冷冷地说："我有意让它掉出来的，关你什么事呢？"

我一时愣了。回到家后说给家人听，家人哈哈哈哈笑起来，说："人家那叫时髦，你还管闲事不？"

可是，那个女孩明明很普通的穿着打扮，明明很文静不像是赶时髦的样子啊！

（二）

一次，在某名牌大学参加业务培训，全是党政机关的工作人员。

这天，大家从宾馆房间走出，在大堂集中，准备出发。

我，又见到了一幕和上个故事类似的场景：一位女性，穿了件灰色中长毛衣外套，很得体。可是，她毛外套的扣子扣得不正常，不是扣斜了一粒，而是两粒，于是衣服左右边完全不对称了，特别是下巴底下和衣服下摆十分地抢眼。

我想去提醒她，可我记得“皮带女孩”给我的尴尬，于是打住，不理它。

大家往车边走去，下午，我们计划去考察一处产业园。

有人跟那位女性打招呼，称她为主任，我也知道她就是市某机关的领导。这么想来，我想我应该提醒她，理由是，她不是行走在大街上的小女孩，她是政府机关的女领导，是在集体学习场合，穿着应该是大气典雅的。

于是，我，又忍不住了。

我走上前，对她说：“主任，有个小事想跟您单独说一下。”

“好的。”她疑惑地跟我到了一边。我看了看周围，压低声音对她说：“主任，您的衣服好有特色，扣子是这样扣的吗？”

“是啊，就是这样扣的啊！有什么问题吗？”

“哦，没有没有！”

我差点就骂我自己了，管闲事！

我发誓，下次见到别人穿什么，不管是露皮带也好，是扣错扣子也好，统统不关我事！

（写于 2015 年 3 月 11 日）

谁说牙痛不是病

最近牙痛，痛了近三个月，好心的朋友不解，说一颗牙痛，还治不了？（治不了就拔了算了。可我这颗牙还真有保存的必要，不能拔。）

唉，真是说来话长啊！

先说痛的效果，那是人瘦了，脸黄了，话少了，情绪变糟糕了，同事误会了（以为我冷漠不理人了呗），小孩受罪了（痛烦了要找人出气啊）。

再说痛的情形，先是温温地痛，以为上火了，喝了凉茶不行；后来痛得有点像模像样了，便去找医生；再后来，痛得不能张口，不能说话，不能吃东西。稍一张口，便龇牙咧嘴，嘶嘶吸冷气，仿佛吃了无数干辣椒，嘴向一侧咧去，仿佛那样会好受些。晚上睡觉，稍一触及那边的脸，便立即痛醒，虽无比气恼，但无处出气，十分折磨人，顺其然，次日肯定是无精打采的样。

接下来得说求医经历了。先是去一个较有名气的牙医那儿看（我称他为牙医先生），我以前找他看过牙，挺信任他的。还是在四月的时候为这颗牙去找他，牙医先生查看了我的口腔和牙，他称赞我的牙齿不错，有亮泽，外形又好，说我的牙没问题，是

人太紧张和上火了，可以去开点中药调理，要善于放松之类。回家一琢磨，我坚持认为是牙有问题，于是过后一周继续去看，牙医先生给拍片，发现是牙有问题，之后又连续去了三四次，都相信会治好。但痛苦在增加，开始怀疑。朋友晓玲说："痛得那么辛苦，在他那看了一两次没效就应该换医生了。"可我想，换地方看，那表明就是不相信牙医先生了哦，那他知道了怎么办？犹豫中，痛苦逼着我去了两家医院，可是都不理想，一家医院是医生推诿，另一家医院却诊断为三叉神经痛。我明白技术还是牙医先生的好，于是在征求牙医先生的意见下拍了张口腔全景图，并继续治疗。

当我第七次进入牙医先生的诊所时，牙医先生好心地把我推荐给市口腔专科医院的王博士。

于是，我的牙医升级了，治疗也升级了。

在市口腔专科医院，王博士认真地对我的"宝牙"作了检查，结论和牙医先生的非常接近，治疗原理也差不多。我闭着眼睛、绷着神经接受一通治疗后，回到家，满怀信心和希望等着奇迹的出现。

到现在，我的牙齿还在默默地痛着，牙医先生和那位博士继续通过电话交流着治疗我宝贝牙齿的方案，我不知道，我是否还得继续去接受那些螺旋针、钳、钻的碰撞所带来的恐惧。

我非常惊奇，我的宝贝牙齿那么与众不同，它给我带来了与众不同的痛苦和感受。我感受到欣慰的是，我的牙痛近两天来好像在逐渐减轻，而且牙医先生和牙博士都明确地告诉我，我的这颗牙治起来还有一个过程，但绝对不会是三叉神经痛或是别的什么毛病，要我别多想。

于是，我坦然了。

（写于 2009 年 6 月 19 日）

那年暴雨

伫立窗前，注视如注暴雨，不由忆起多年前在我生命中留下深刻烙印的一场暴雨。

那时住在县城中学教师宿舍里。一日，大雨。早上第一节课后学校宣布停课放假，师生皆喜。住同栋楼的老师们戏谑说，是老天爷放假让大家打扑克。于是在这种什么也不能做的日子里，楼里的人们便心安理得地聊天、打牌。

人们之所以这样淡定，是因为地处低洼的小县城每年几乎都要被淹一回，每一回都只淹到一楼。除了一楼的邻居比较痛苦和忙碌外，二楼以上的人们已是无所谓了。老天要下雨，你怎么办？制止不了，也只能自认倒霉了。按往年惯例，往往涨到一楼，水就会退了。

我住四楼，还在坐月子哩。我下到二楼，一楼的邻居正将衣服棉被之类往二楼搬。到后来，甚至将铁锅、碗筷之类也搬到了二楼。三楼的退休老师张老师夫妇将铁门一锁，奔了街上住的儿女家去了。我家小弟刚好来看我们，见此情景，赶紧跑去商场买豆角等方便保存的菜蔬，还买回一个大西瓜和一大把蜡烛。小弟回来时，水已淹到第三级楼梯。

可是，那一年的涨水没有按照惯例。

上午十点多，水淹过了一楼三四级楼梯。住二楼的校长，赶紧跳入水中去了学校办公楼，可以听到他正大声地打着电话，大概向外界报告校园的消息。一、二楼的主人开始紧急将家当搬到三楼。中午一点，水淹平了二楼，没着楼梯慢慢向上涨。这一回，一、二、三楼直接往四楼搬东西。校长的爱人在大声叫唤校长回家，可校长已经过不来我们这栋楼了。有小孩开始哭泣。楼道挤，男人们大声说着“只搬床上用品和衣服！”，人们也都往上层楼走。

房子总共只有四层楼。我把襁褓中的孩子抱起来，招呼一、二、三楼上来的邻居坐或站着。家里到处是水印，大家湿湿的脚，湿湿的鞋。

“不好了！张老师家！”我突然叫了起来。

于是男人们全向三楼奔去。三楼右手边老张老师家木门、铁门齐锁着，大家用力拉、撞，一动不动。没有办法联络，没有工具，只有眼睁睁。校长爱人哭泣着，校长被隔在另一栋楼里，那栋楼的人也是从二楼向三楼、四楼转移。

下午四点多，水还在往上涨。男人们和女人们都开始惊慌。我很担心房子会倒塌。人们在猜想外面是否知道我们被困，是否会来人救助我们。

外面还在下雨，远望去，一片水茫茫。远处有一栋木房子慢慢漂起来，一倾斜，瓦片哗啦啦倒下水中。

“救命啊！”有男子凄惨的哭喊声！

“有没有会游泳的啊？我们这里？”我快哭了！

沉默，谁都不会。

天慢慢黑下来，我看见洪水淹过了校门卫的屋顶。空中横行

的电线贴近了水面，不，是河面了！有漂浮的木头，还有一头死猪浮着。

停水了，停电了，电话打不通了，校长夫人不吵了。

我给孩子喂好奶。一、二、三楼的邻居们都上了四楼，家里拥挤、混乱。不知谁家的高压锅竟然丢在了我书房的床上，里面还有饭。

我在想如果房子倒塌了，怎么办？

我看到了给宝宝洗澡用的大红塑料盆子。我在里面垫了棉被，把宝宝放进去，又盖上一个小毯子。把一把大大的雨伞撑开放在盆子上。

我把盆子端到书房后的阳台上，水很快就要进入四楼了！待到水进了四楼，我就准备把装有宝宝的澡盆往外推。

孩子什么也不知，躺在盆里看着我！

我和孩子的爸爸、舅舅商量，这是救孩子的唯一的办法！！

我哭了！

天黑下来，可以看到学校对岸的公路上有不少的手电筒在朝我们照射！在这个山城，极少有人会游泳的！主要是，这个山城从来没有涨过这么大的洪水，谁都没有预料到。

远处有冲锋舟穿梭。我们不抱希望，因为，需要救的人太多了！

“小敏！”“小敏！”“小敏！”“小敏在哪？”

一阵呼唤声！

“小敏！”这不是我孩子的姓名吗？

不会的，我的孩子没满月，没人认识，一定是同名同姓的。我失望了！

“小敏！”

“小敏！”

冲锋舟继续在叫！

“在这里！”“我们在这里！”

再有一两公分水就要进四楼的家了，我什么都不顾了，大叫，哭着大叫！！

一艘冲锋舟靠近我们的大楼！人们哭泣着，激动着。

“第一批上老人小孩！大人不许上！”冲锋舟是平日用来水库巡逻的小艇，才八个座位。小舟摇晃着，上面两个警察，一个驾驶，一个站立维护秩序。

人们下意识向我家阳台边拥去！必须从阳台上跳下小舟！

“只上老人小孩！！”

一个男人靠前，警察唰地伸出手拦住他。

“小敏在哪？上船！”警察在叫。

“在这！”我哭着抱着孩子几乎站不直。

小弟端了个盆子站在我身后，那是宝宝的一些用品。

“小孩放下，大人后退！”

“这么小的孩子，没妈跟上去怎么放心！”我小弟急得大声喊道。我终于得以上了小船。小舟离开被淹的宿舍楼，最终载了二十个小孩老人，摇摇晃晃向学校大门处行驶。“不许撑伞！丢掉！”警察朝我大声喝道，为怕重心不稳！我丢掉伞，把头深深埋下，试图用身体为襁褓中的孩子挡挡雨。不知什么东西挂了一下，小舟晃动起来，老人孩子一片惊叫哭喊声！宿舍楼上的青壮年们大声叫着担心着！警察高声喊着维持秩序，指挥大家不要喧哗，一船人马上安静下来，小舟总算平安地驶过学校门卫处屋

顶，驶向地势较高的街头。

到岸了，无数双热情的手把老人孩子接下小船，我孩子的奶奶、姑姑从我怀中接过被淋湿的孩子。小舟一个转向，又向学校方向驶去，那里还有不少等待救援的人们……

后来才知，是住在公安局大院的孩子奶奶跟警察说："去救救我的小孙子吧！还没满月啊！那边还有好多人啊！"他们才知学校还有这么一批人没出去。

后来才知，弟弟买的豆角、西瓜都烂在了四楼房间里。

后来才知，楼下的邻居衣服忘了救，却把碗筷、铁桶救上了四楼……

多少年过去了，那一年因水库决堤导致县城洪水肆虐的那一回场景，一直刻在我的脑海。

（写于 2014 年 4 月 1 日）

我的开车史

很早以前我就是“有车一族”了。

自行车。1999年，我调到老家县委党校工作，骑了有三四年自行车，硬是把一辆漂亮的枣红色女式自行车骑得溜顺。党校在县城郊区，从家里出发有五六里路的样子，一路得经过城区、闹市、乡间马路，有上坡、下界、转弯，好几里路上，我在城区拥挤的人群中穿行，在郊区悠闲地欣赏田园风光。我雨衣、雨鞋“配套设施”齐全，不管天晴天雨，可以一直不下车，直到自行车穿过党校小小的侧门，来到办公楼前我的办公室门口才停住。回到家，也可以把自行车一气扛上三楼家的楼梯间。当时党校也就两三辆摩托，虽然偶尔也羡慕同事骑摩托车时的潇洒快速，但我骑自行车时的那种随心所欲，那种物我一体，至今仍叫人难以忘怀。

电动摩托车。2004年春，到南方工作生活的我，急需解决交通问题。在一位老乡朋友的带领下，到摩托车行买车。在那些从1800到1万、2万不等的车价中，我选了一辆标价2000元的枣红色女式电动摩托车。傍晚，朋友在学校操场一角教我如何发动，如何加速，如何刹车，如何打转向灯，如何按喇叭，次日早上我就硬着头皮开着摩托车上路了。上下班时间，老城区的街

道，摩托车自行车小车密集如麻，我心里也跟着发麻。用双脚或是撑地，或是划行控制着前进的速度，一边担心着会撞上人或车，一边对那些在人流车流中穿行的“摩托车仔”高度恐惧着。心里痛苦地想着，才是第一天啊，难道以后就天天这样经受折磨？

还由不得我有一个过渡期，也由不得我想好好练习练习，买车的第二天，我就开始载着我亲爱的孩子上学和放学。大清早，让幼小的孩子紧紧抱住我的腰，把那只硕大的书包放在车前面的脚踏板上，就高度紧张地上路了。心里想着，自己可以受伤，车子可以受损，绝不可以让孩子受惊吓和受伤。这种想法和紧张一直伴随我从 2004 年到 2008 年，孩子逐渐长大，书包逐渐变沉，我开车的水平逐渐提高。近五年中，孩子从小学三年级读到毕业，途中，经历过台风、暴雨、炙晒；摔倒过，撞倒过，滑倒过，也因没电了、浸水了车子抛锚过。但是，我的孩子安安全全地在我车的后座上长大，真的是令人开心的事。

令人开心的事不止于此。每次把孩子送到学校后，我一个人不急不慢地骑车去到上班的地方。骑着红色的摩托行驶在美丽而现代的景观大道上，长发飘飘，曾经引来无数路人羡慕的眼神，景中添景，我看风景，别人看我，没人知道我有几多惬意，哈，心里好美！

开电动摩托车也给我带来过尴尬。比如，单位聚会，去那些较远的地方，同事们小车一发动，走了，我却不行，电动车对电量有要求，如果到半途熄火了，推着车行，是有点尴尬的。又比如，台风来临时，骑着车在狂风中飘摇，雨水渗透雨衣，膝盖以下全湿，鞋里几乎灌满了水，个中滋味，只有自己知道。

一直到2010年近七年，我的只花2000元的电动摩托车饱经风霜，行走里程近3万公里。我给她换过中心轴、轮胎、电池、刹车、挡风板、后视镜。有些部件已经无法更换，但她的外表仍发出崭新的枣红色光泽，一抹，仍是锃亮。和当年骑自行车一样，现在的我已经可以骑得顺溜，老远见到红灯，我的枣红摩托会无声无息地滑过去，然后静静地停下，等待绿灯亮起。

小车。2010年，我拥有了自己的小车，德产的，厚重沉稳。我工作很忙，没有时间考驾照，又胆小，在学开车时教练就总是批评我太胆小，所以报考了好几年一直到2008年才考到驾照。于是，家里那位总是把车钥匙带在身上，不敢让我独自开车。每次，站在这个庞然大物旁边，我就感觉像是在梦境中。直到某天，老公出差了，我第一次把车开去送一个朋友，返回家后得意洋洋地打电话告诉老公，只听到老公在电话那头激动不已。到现在，像接纳一个人一样，我试着把小车当成自己的一个家庭成员，来亲近她。寒冷的下雨的冬天，我坐在小车里，透过窗户，看着在风雨中穿行的人们，走路的，骑自行车的，骑摩托车的，仿佛在看我的昨天。我不怜悯他们，就像当初我不羡慕有小车的人一样。有时，谁说有小车的人就一定幸福呢？骑自行车时，羡慕别人有摩托车的；有了电动摩托车时，羡慕别人挂了车牌的摩托车和小车；有了小车，又羡慕有高级小车的。但谁又知道，开小车的人，正在羡慕骑自行车的人悠闲健康，羡慕骑摩托车的人自由潇洒呢？骑自行车、摩托车时，坐车的人紧紧依偎，共同担当，开小车的时候，却不知又增加了几份虚荣和生疏啊！

到现在，我驾驶小车行程已达20万公里，但依然会时不时想起我那枣红色的女式自行车和电动摩托车，就像是在吃一道家常菜，品尝和回味其中的美味。

（写于 2011 年 2 月 24 日，修改于 2024 年 8 月 9 日）

师傅请停车

开车慢行大路上，雨雾濛濛。可我仍看清了前面货车的轮胎有问题。

是的，前面货车后面左边的轮胎摇摆着，仿佛随时就会滚离开去。我看清了货车没装货物，这让人稍稍放心一点。

只有两个车道，我点一下油门，越过黄线，准备从左面超车上去提醒对方。我的车头与货车尾并列了，但前方有摩托车驶来，我退回货车后面。等摩托车开过，我再一次越过黄实线，靠近货车。我鸣喇叭，并见到货车司机一只手夹了烟伸在窗外，他倒是好悠闲啊。我按喇叭，对方没注意到。前面有车来，我只好再一次退回货车后面。

天色已不明亮，我想起了车灯，我开了车灯，再一次向左边开去，加速，与货车并排，靠近，大声叫他，对方总算看了我一眼，但只有一眼，他没有停车的意思，也没有减速。前方有车来，我是逆向行驶，必须让道，我再一次回到了正常车道。

也许对方已经知道自己车的问题吧，我在想。

也许并不知道，那真的是很危险，我在想。

不行，就当是管闲事吧，再试一次。

我再一次压过黄线，从左面超车，但我没有胆量横到货车前面逼停他，只是与他平行，很小距离地平行，继续对着他大叫——

“师傅，请停车！”

“师傅，请停车！”

他放慢了速度，停下车来，疑惑地看着我。

我用右手指指他车的后面，又指指我的左手，大声告诉他：“师傅，您的车后面左边的轮胎摇晃得很厉害，要赶紧处理！”

那个师傅听明白了，他露出感激的笑容，连说“谢谢！”，减慢车速将车往右边开去。

我超过货车前行了，透过后视镜，我看见那辆货车前面还贴了张红红的“平安符”。

我心里有点担心，我几次压了黄线，我会被扣分罚款吗？

不想这么多，打开收音机，听着“中国之声”，我轻松地朝家的方向驶去。

（写于2015年3月9日）

百万买宅，千万买邻
——记几位邻居

（一）张大哥

张大哥是内蒙古人，退休前是某大型机械厂的高级工程师。

多年前，朋友介绍我买房，来到一处小区，进了一间看了看，因是夜晚，灰暗的毛坯房并不让人满意，随即想走。朋友说，听听已经入住的人家的意见吧。于是上到楼上敲开已贴有对联的一家。当时开门的就是张大哥夫妇，他们特别热心地请我们进去观看，那是夜晚，灯光明亮，家里装修得温馨无比，那一刻，我和先生齐齐动心，就下了在此买房的决心。

入住后买了台小车。新手新车，心里忐忑。一次停车入库，本已停好，不知哪根神经发作，又踩了一脚油门，小车咔嚓越过防护栏后退，差点与停在后面的小车相撞。虽没撞上人家的车，但下车一看，我的车尾与后面那台车相隔就只一尺来远了，而且那地面停车防护栏有 20 公分宽、20 公分高的样子，我如何才能把车开出来啊？我的心在怦怦怦乱跳，一时不知所措。恰好张大哥从外面回来，见此情景，说：“别怕，我来指挥你！”

见我疑惑的样子，张大哥说：“相信我，我是高级机械师。”

我立即平静下来，坐入驾驶室，确信我挂了挡后，张大哥指挥我踩油门，试了一下，过不了，再试一下，还是开不出来，我不敢再试了，说："大哥，您帮帮我吧！"

"我当然可以帮你，但这样，你的技术和胆量就提不高哦，再试试！"

我看看前面隔了条过道也停有小车，心里真的好担心，担心一踩油门开出来又会撞上前面的车。

"没事，你一定可以的！开出后再刹车！"张大哥说。

我壮壮胆，深呼吸，再看了一眼车挡，一踩油门，咔嚓！开出来了！车猛地往前蹿去，我又紧急刹住！离前面的车就一米来宽了，真险！

张大哥夸奖着我，又指挥我慢慢后退，调整距离，总算在合适的位置停好了车。我一时感觉自己好棒，那以后，对开车有了一份信心。

（二）韦老板

晚上回家，停车，一不小心竟然将邻居韦老板的小车蹭了一道小小的痕迹。

寒风凛冽，我惊得忘记多披件衣服，从车里出来，赶紧去敲车主家的门，没人在。到门卫处问号码，竟然是原业主的号码，原来车主是新邻居。

于是边向保险公司报案，边等候业主。

一个小时后，韦老板来了。我迎上去。

"对不起，我开车不小心，蹭您的车了。"我的脸被寒风拂得僵硬，只等候对方的斥责。

韦老板看了一下车，说：“没关系，这是个小事情。”

我心里好受了些。但还是表示歉意：“真对不起，影响您明天出车了。”

“没关系啊，谁还没个磕磕碰碰的。再说了，这台车开出去不好看，还可以开那几台车啊！”他用手一指我车后面那几台车。

哇，原来，邻居韦老板不仅很有肚量，还很有“财”啊！

（三）那位丢烟头的邻居

小区有一排车位，是“藏头露尾”的位置，小车停好后，从楼上窗口看下去，刚好有一半露在外面。

有一段时间，我的车就停在这样的位置。

不知从什么时候起，早上起来去开车，我的车上总有烟头、烟灰之类的东西，很明显，这都是楼上人家从窗口丢下来的。

这让人很不爽。你想，清早起来开车上班图的是个好心情，这下倒好，不是烟头就是烟灰，一次还好，以为是偶然的，忍了。但次数多了，就觉得丢烟头的人人品有问题了，每次一见烟头我就一下子烦起来。

于是，在车旁，我仰起脑袋，想看看是哪家邻居做的缺德事。只见有的楼层开着窗，也有的关着窗户，但这无法判断究竟是谁家的人从窗口丢下的烟头。

每次回家总是很晚，把车停好，急匆匆就回家了。等到次日上班要开车了，才发现又有烟灰烟头，但也是来不及去查询，每

次只能深呼吸自己劝着自己收拾干净。

我曾经跟物业公司反映过几次，却一直是老样子。我从门卫那里了解到，他们除了张贴温馨提示外，也没用其他什么办法。对应我停车的地方，一个楼梯就六户人家，物业公司可不可以登门一户一户提个醒呢？我真的想不通，人家上千户的大区，物业怎么管啊？况且，六楼的基本不住人，五楼长期关闭窗户，最有可能性的就是一、二、三、四楼了。但因为我总是早出晚归，也无从去追究。

这天早晨，我带了满怀的好心情出门上班，下得楼来，到车旁一看，不由倒吸一口气，一、二、三……不多不少，整整八个烟头丢在车的后尾箱盖上。我愣了一下，快步走向门卫保安处，向他们反映情况，并请值班人员跟我过来看现场。我掏出手机，左、右、正面、特写镜头，足足拍了十来张照片，气呼呼地说："我已经跟你们说了多次，请求帮忙解决这个问题，好不好？"

想到上班是一定会迟到了，我想干脆好好地跟物业理论一通。但遗憾的是，物业一直不接电话，任由我一肚子火气。

这天就这么过去了，路上想着，回单位后打印一张温馨提示，回来张贴到邻居家楼梯间。可一到单位忙起来就忘记到了脑后，要到下一次开车时才记起。

时间过去了半年多。烟灰烟头还是时常出现在我的车盖上，让人烦不胜烦。我甚至想到要投诉物业了。又想到，买它三四个烟灰缸，邻居一家门口放一个，可感觉这样又伤害了无辜的邻居。有两回，我专门候在楼下，观看到底是哪家所为，可任我把脖子仰得酸痛，却偏偏没有看到。

当又一个周末来临的时候，周五下班时我在单位用红纸打了几句话，回到家，在亮了路灯的楼梯间张贴了四份。然后我回家了。

周六早上，我怀着期盼的心情下楼，准备开车带家里老人出去散散心。

当我下得楼来，我第一次发现，我的车盖上很干净，没有烟头，也没有烟灰！

再后来，一直到现在，都没有了！

那几句话是——“百万买宅，千万买邻。请各位邻居不要从窗口往下丢烟头和杂物。谢谢！谢谢！”

（原载于2020年3月30日《香山文学》，收录时有修改）

回老家的路上

坐高铁回老家，恰遇一同乡朋友 80 多岁高龄的父亲在同一车厢。考虑到老人年事已高，于是我中途每过一阵子就过去看看，如果老人在睡觉，我就悄悄离开，如果老人没睡，我就会问问他：“伯伯您想喝水吗？要不要上厕所？”

很快就到了中午，车在长沙站停下来，本来想用 App 点外卖送上车的，因为没有经验订迟了，没有外卖了。好在我带了些干粮，可以打发作中餐。但想到老人，我就起身去餐车问服务员午餐怎么卖。这一问，吓我一跳，原来高铁上的饭菜那么贵，贵得同样的钱在车下可以买同样饭菜的四到五份。我有点儿犹豫，如果单是老人一个，我也就买一份了，问题是跟着老人的好像还有老人的亲戚。

我看了看手机，再有两个小时就下车到终点站了，熬一熬也可以不用在车上就餐。于是我往回走，进到所在车厢，看向老人，老人正看向我。我突然就想起自己的父母。唉，老人出门一趟多不容易啊，于是返回车间，我挑选了最热的、老人能嚼得动的饭菜，买了两份过来，递到他们的手中，老人显然没有想到，但是很开心的样子。老人吃得很香，等他们吃完，我又取走吃空的饭盒，递过自己的纸巾，又到车厢接头处取下热水机旁的一次性纸杯接来热开水，放到老人面前台板上。老人连连说：“哎呀，太麻烦你了！还有开水喝啊！谢谢你！”

我突然觉得自己做得对，你看老人家多高兴啊！

车到怀化，我虽然预料到天气比广东冷，但没想到，还下着雨。一出站，外出多年的我不知西东。我对同时下车出站的老人说：“我就在市里办事，你们回县城的家还得去汽车站坐车，我送你们去打车吧。”

这时，老人家和他的亲戚同时说：“不用担心我们，我们有车来接。”又问我去哪里，说要用车送我一程。我连说不用不用，说自己打车去就行。老人家亲戚的车来了，只见老人家和他的亲戚说了几句什么，就说他们的车回家刚好要经过我去的地方，一定要送我，想到是顺路，我也就高兴地答应了！

车在朦胧的雨中前行，透过窗户，我感叹家乡这座城市真美！

送我到了目的地，老人家的车渐渐消失在眼帘中。

后来，我才知道，老人回家的路跟我要去的地方，刚好是反向，根本就不顺路。

（写于2018年3月18日）

我的大学同学会

（一）我心向往

冒着37度高温天气，我不远千里回归母校，首次参加了一回心心念念的大学同学会，而且是大学毕业30周年中文系的聚会。

我从来没有参加过任何同学会，不知道是该期盼还是应该淡漠。因为，之前我看过无数篇关于同学会的文章，有回首往事再叙真情的，令人动心不已；也有炫耀攀比不欢而散的，令人望而却步；甚至还有“拆散一对是一对”的，就不知怎么说了。我也见过身边人晒出的无数同学会照片，不仅仅是大学的，也有高中的、初中的、小学的，我还见过幼儿园班的同学聚会，不论是哪一种，大抵就是吃一顿，玩一通。这让日常忙碌的我对同学会少了一分热情，一直觉得同学会那是别人家的事，再说，不愉快的同学会不搞也罢。总之，同学会离我非常遥远。

然而，当我的一位大学室友发起同学会倡议的时候，我私下里迅速回复说：“阿毛，你组织，我一定支持！”同时，我看到她组建的“中文8630”群一邀三，三邀五，群里的人数迅速增长。通过临时组委会匆忙两天的发动，聚会时间迅速定下，定在了一周后的周末。也就是说，从最先发起到聚会正式开始，就一周左右的时间，看来，和我一样心情急切的大有人在啊！

聚会时间一旦确定，我立即请了假，并开始购买回母校那座城市的车票。购买车票费了一些周折，差点儿就买不到票。我向在外地上了四年大学购票颇有经验的孩子求助，心里想着哪怕是动车高价商务座也要把票抢到手。孩子里手地帮我走了曲线分了几处转车，终于买到了出发时间、到达时间都较为合适的高铁票。我十分高兴地踏上了回校的路。

周五到达那座城市的时候，在我大学母校工作的小弟执意开车到车站接我，于是，我毫不声张地于下午五点时分进入了梦萦魂绕的母校。人到中年的小弟，已是大学副教授，还是文新院的负责人，他当导游真是再合适不过了。

小弟带我从新校区正门入校，车到校门口，我即兴奋不已地下了车，弟弟便给我在校门前留影纪念；进了校门，又在“怀仁化物，立地仰天”的校训前、“一苇湖”等景点前拍照留影。

（二）同学初见

到达指定的酒店的时候，我立在大厅门前，寻找负责在大厅接待报到的同学身影，还由不得我回过神来，好几位先到的同学先发现了我并大声叫着向我扑来，握手，拥抱，笑声一片！签到，领纪念衫，拍摄通讯录照片，入住宾馆。稍事休整后，下楼步入餐厅。

因为部分同学次日方到，当天晚宴仅设四席。我进入大厅的时候，四席都有同学向我招手。我正想向女同学坐的那桌走去，

却被旁边一男生拉住说："细蒋坐我旁边！"说话的这男生也姓蒋，是我们班上的副班长。大学时代我们有三位姓蒋的，另两位习惯称我为细蒋，"细"在我们家乡是小的意思。我们三位都可谓大学田径场上的精英，说这话我们三个家门真的底气十足。副班长是10000米、5000米长跑冠军；我则是女子跳高、跳远、铅球、标枪及100米栏、800米中跑的奖牌获得者。

此刻，副班长一拉住我，旁边有同学就笑了起来，这家门却一本正经地说，他得感谢我，我在大学时帮了他的大忙，他记了三十年，说今天一定要敬杯酒感谢我，我却是云里雾里早就记不得有什么值得他感谢的。原来，这家门比我们同学大一两岁，大学时期他就谈恋爱了，那时女友跟他闹了矛盾，去学校找他，差点就分手，是我把宿舍自己的床铺让给他女友睡觉留下了人，我自己却跑去跟守楼的阿姨挤着睡了一个星期。这就让他有一个星期的时间跟女友修复感情，最终他们结为夫妻。同学们一听这个故事都哈哈笑了，我却在感慨，我们大学那个年代，我们是多么纯朴，没有想到要去住酒店，也没有逾矩的事情发生。

晚餐最大的特色是同学们互相间各自认人。三十年了！不管男生、女生，只要准确地念出对方的姓名，一经验证，就会高兴得像是中了大奖一样，开心得紧紧握手、哈哈大笑。我们大学时代男女生交往还不是很平常，连上体育课都是男女生分开上，加之男女生宿舍楼分开严格管理，所以，男女生之间交往一般限于课堂，其他不是很多。而我，因为大学时代当校运动员，又是学校学生会干部，因此和同学间的交往得以扩宽到不同的年级、不同的专业院系，但自己同年级中文系的同学的确打交道不多。因此，我也很忐忑，担心自己叫不出同学的姓名。可是，人就是那么奇怪，见面那一瞬间，仿佛时光倒流，我竟然毫无差错一一叫出了绝大多数同学的姓名，连我也不由得佩服起自己来！

当然，有一个例外。坐在我旁边有一位光溜溜脑袋的同学，我以为是另外一个班的，人家跟我热情交谈，我却实在记不起他的名字，一直到晚餐快要结束，我偷偷问了一下其他同学，才得知这位光头同学就是我们班的同学。那一时刻，我有些尴尬，也有些慨叹命运怎么把当年青葱小子一头茂密的头发全部收走！

（三）重游母校

次日周六，是聚会的正日，上午参观母校，中午聚餐谢师宴，下午转往芷江参观抗战胜利日军受降纪念坊，晚上住宿侗族文化村并举行晚会。

一大早，同学们统一穿上蓝色的前印“中文 86”后印“30年相聚”字样的纪念衫，乘坐同一台大巴车从酒店向母校西校区出发。我们的大学时光是在西校区也就是老校区度过的，路上，我在紧急调动自己的记忆，努力现出由启功先生题字的校门，篮球场边上的中文系教学楼，中文系老师办公楼，学校图书馆和学报编辑室，有长长看台的宽广的田径场，有一弯圆拱门的女生宿舍楼，饱我胃口助我长高身体的大学食堂；还有当年我的班主任、文学史老师、语言学老师、写作老师、哲学老师、我的各位体育教练老师等老师……

和全国各地一样，这座城市变得现代化了，一路宽敞笔直的

大道和林立高楼，我早已认不出一点儿当年的痕迹。我默默地注视着窗外，一直看到母校的校名映入我的眼帘，我才和邻座一起惊喜地叫道："到了！到了！"

下车凝视母校校门，校名早已不是记忆中启功先生的题字，心里瞬间有一丝惆怅闪过。组委会的同学组织大家在校门前合影留念，一条横幅"同窗三年情，友爱三十载"把到会的同学紧紧聚在一起，校门里外不少的车辆停顿下来，不鸣喇叭不催促，看着我们这一群年过半百的老学生笨拙地合影。

进入校园，因为离田径场最近，大家涌入了宽广的田径场。

站在田径场主席台前的草地上，我的泪水朦胧了双眼。依稀记得，大学时代，家境贫困的我冬天没有棉衣毛衣御寒。天寒地冻，无奈之下，我只能到田径场上跑步取暖，一圈，再一圈，又一圈，四、五、六圈，多的时候我可以一气跑下四十圈。这一幕，被一位体育系的老师无意中看到，他观察我多天后，将我纳入了校田径队。从小在山间长大的我，腾跃、攀爬、力量都不错，于是跳高、跳远，投标枪、铅球，中长跑，女子 100 米栏，样样都被教练看好，我成了多面手，参加过不少比赛。后来，又因耐力好反应敏捷，竟然被选入系女子篮球队。体育锻炼伴随了我整个的大学时光，几年的校运动员生涯让我赢得了不少的奖牌，更为我后来的人生赢得了良好的体质和坚强的毅力。

此刻，有一些当年在校田径队的同学站到了起跑线上，重新体味当年发令枪响的感觉。而当年的万米跑冠军蒋副班长干脆脱下皮鞋，围绕田径场跑了起来。

我的田径场仍在，我的心依旧踏实！

离开田径场，我们向前走。

可是，我们当年的教学楼已不见，我们的图书馆和学报编辑室已不见，我们当年的女生宿舍楼也已被新楼替代。附近多了些雕塑景点，有同学在合影留念，我却急于寻找当年生活过的痕迹。

最终，我在女生宿舍楼前一侧找到了一处台阶，那是当年的台阶。当年我在学生会社团部工作的时候，曾在这处台阶的墙面上张贴过各种社团开展活动的通知和海报，那时，那些海报上偶尔会有我的大名在上面。我们也曾从女生宿舍出来，经过这处台阶，走向教室，走向田径场，走向图书馆，以及走向校园外。台阶依旧在，我请同学帮忙拍照纪念，一会儿，女同学们就都跑这处台阶来照相了。

母校近年发展壮大很快，硬件建设也跟着完善。转往新校区，简直就是一片新天地。但我仍然留恋老校区，在外人看来，老校区平常得像个五十多岁的中年人，没有了青春靓丽的容颜，但那里洒下了我奋斗的汗水、泪水，留下了我清纯的笑声和欢快的歌声，是我蜕变成长的宝地，老校区所包含的深深的底蕴，就如五十多岁人经历过的风霜，年轻人又怎能轻易领会？

激动人心的师生团聚时刻到来了！在红色地毯桌布、金色吊顶灯光、蓝色纪念衫、张张灿烂笑脸的五彩交汇中，聚会场所显得喜气洋洋、隆重热烈！聚会在全体师生《我爱你，中国》歌声中拉开序幕！

我们两个班的班长分别致辞，并介绍到场的我们昔日的老师！

我印象中的老师并没有一一到场，是啊，岁月流逝，当年我的大多数老师如今至少也应该是花甲、古稀之年了，想必是在家

颐养天年。而令人惊喜的是，当年我们1班和2班的班主任老师却是齐齐到场！在致辞中，我的班主任邓老师深情地回忆说，我们是他大学毕业后所带的第一批学生，他比我们也就大不过三四岁，这让我们倍感亲切！邓老师如今已是博士后，在某高校任教授，桃李天下，成就斐然。但仍然有一份腼腆，说话就如邻家大哥，亲切随和。

同学们给我们的老师们准备了一份小小的礼物。我很荣幸，被组委会安排给我的班主任邓老师献礼。走到老师跟前，我代表同学们感谢老师的教诲，并鞠躬致谢。我记得大学时代，因为勤勉，因为贫困，我的班主任老师给我介绍了大学学报的编辑工作，并介绍我到部队和监狱给官兵上课，这相当于当时的勤工俭学，既让我得到了锻炼，也让我赚得了一份小小的收入，缓解了我当时的困窘。现在想来，当年，我进入学校学生会、各类学生社团，应该都跟班主任有关。当年我这只丑小鸭，得以低调、踏实的锻炼，成就了今天的我。对此，我是真心地感谢我的老师！同时，我的老师比我们年长不过几岁，而成就却难以望其项背，不由得深深羡慕且敬佩。

给老师赠过礼物后，集体合影。在一片深情的呼喊声中，“同窗三年情，友爱三十载”的横幅从第一排传往后排、三排、四排，轮回往复。摄影师摄像师一齐出动，留下最难忘的瞬间！

开始敬酒了！这是不可缺少的重要环节。往往是一桌的同学集体出动，去给我们的老师一一敬酒。然后就是一桌的同学去给另外一桌的同学敬酒。但因为下午还有活动，所以，同学们都能适可而止。

（四）情约侗乡

下午的活动在离市区约一个小时车程的芷江进行。

芷江受降纪念坊是华夏大地上唯一一处纪念抗战和二战胜利的标志性建筑物，以“中国凯旋门”著称于世，为全球八座凯旋门之一。在这里，同学们参观了受降纪念馆、“飞虎队”纪念馆。我们一群同学在标志胜利的大型雕塑“V”前摆成“V”造型留影，为我们伟大的祖国自豪，颇具青春气息！

芷江，古属“五溪蛮地”。傍晚，我们入住侗文化和平度假村。夕阳西下，同学们三三两两徜徉在村旁小河边，微风正好，不远处风雨桥和身着五彩裙装的侗族小妹成为一道美丽的风景。

这次同学会，组委会的同学可谓独具匠心，用侗族最高的礼节欢迎我们各方同学相聚。从小河边漫步回来，一道侗族“拦门酒”迎接我们。进入度假村寨门时，侗家帅哥吹着芦笙，侗家姑娘手捧被喻为“侗家茅台”的糯米酒，唱着侗族敬酒歌，欢迎远方来的贵客。

同学们逐一享受这特有的待遇，一一进入我们的晚宴——“合拢宴”。只见数张饭桌连接成长约三十米的长桌上，摆满了精心准备的各式侗族特色小吃，以及自酿的糯米酒。长桌两旁，是木板长条凳，主持人一声令下，同学们纷纷入座。最开始是“筷乐”的游戏，长长的桌上事先并没有摆放筷子，随着鼓点声，从长桌一端快速传来吃饭的筷子，同学们手忙脚乱传递着筷子，鼓点越来越密，却又猛然顿住，如果谁手中没有筷子，就会有美丽的侗族姑娘端来糯米酒罚你一饮而尽，令人防不胜防，欢笑一阵接一阵响起。等到大家都有了筷子，就又开始第二个环节的内

容，全体站起，相邻间的同学相互手挽手，围着长桌边歌唱边欢快起舞，直到主持人端起酒碗，大家一声高呼“呀——呼！”端起酒碗干杯！

“合拢宴”最精彩的是“高山流水”式敬酒，有人称这是“世界上最热情的敬酒”仪式。在一片笙歌中，只见五六个身着五彩侗裙的年轻姑娘每人提了把装酒的铜壶走来，我好奇她们会到哪里去，却见在我们班主任邓老师的身后一排站住。领头的姑娘端了海碗，碗里有半碗乳白色的糯米酒，边唱着动听的侗语歌曲，边把酒碗放在老师的嘴边开始劝酒，紧跟着，第二个姑娘用铜壶往第一个姑娘的碗里倒酒，第三个姑娘往第二个姑娘的壶里倒酒，依次类推，五六个姑娘同时依次从低到高倒酒。我们老师一直不停地在喝酒，但他跟前的碗里就一直是半碗酒，没有浅下去过。稍远点看，一排姑娘铜壶里的糯米酒依次倾流，恍如高山流水一般，诗意的“高山流水”式敬酒就得名于此。同学们一起随着侗歌节奏拍打着桌子，一片欢笑声。

敬过老师后，姑娘们开始向从外省远道而来的男同学敬酒。有一些同学开始离开座位围观喝彩和拍照。我边打着拍子，边欣赏着这和美的图画。

不久，姑娘们向我走来，我不在意，我认为这只是对男生才有的礼节，以为只是经过我身后而已，不料却是在我身边停了下来。我还没有回过神来，一碗酒已经在我唇边，一股浓郁的甜酒随即流进了我的口腔。由不得我说话，姑娘们一边欢唱一边敬酒，我看到我的对面和两侧我的同学正在满脸笑容打着节拍积极响应，有的在给我拍照，我举着双手使劲摇摆，姑娘们才止住。素不沾酒的我，这回喝了约大半碗糯米酒，我心里高兴，心想，我是能喝酒么？今晚，会不会醉倒侗乡？

长长的“合拢宴”就像一条欢乐的河流，变幻成一幅多姿多彩的民族风情画卷。

十点后的夜晚，是同学们联欢晚会开始的时光。大家围成一个大圆圈，表演节目的同学就站到圈里。面对同学，我竟然一时无语。我内心里想了许多种场景，我想过朗读一首诗，想过向大家说几句感慨的话，却觉得哪一句话也不是最妥的。我不知道我三十年的打拼豪情都去了哪里，我曾经的才情和豪迈都去了哪里。我只能默默地坐在一角，静静地看着我的同学用典型的湘西普通话唱着思念的歌，静静地看着我的同学半醉半醒地将迟到三十年前的表白在三十年后勇敢地吐露出来。同学们重新跳起了三十年前的交谊舞，重新朗读起三十年前我们熟悉的《再别康桥》。我默默地听，默默地看，看同学们或健美或发福的身材，看他们或喜或惊或惆怅的神情。

（五）同学再见

黎明在早起同学们的散步和问好声中醒来。我站在度假村家一样亲切的木质走廊上，远处鼓楼披着万道霞光呈现在眼前。

离别终将到来，而我，比大多数同学离开得要早。并不想惊动大家，却已经惊动了不少人。在楼前，拥别的那一时刻，我才知道，同学情活在心底从没有离开过。美丽的班长紧紧抱住我，泪眼婆娑，紧紧地握手，紧紧地拥抱，都是为了好好地再见。

1 班的正副班长开车送我去几十公里外的轻轨站坐车。我幸福，我走得最早，有所有的同学为我送行。

我在台风“白鹿”雨雾的清凉中返回广东的家中，我们没有贫贱富贵之分的同学聚会的斑斓色彩渐渐淡去，短暂的喧哗重新回归寂寥。来，有怀抱迎接；去，有祝福无限。每一个同学到家都报平安，组委会仿佛就是管家。我记起了纪念衫上的大字——“三十再聚首”，说的是我们大学毕业三十年了的聚会，是不是也在昭告我们，三十年后，我们再聚一次同学会?

（写于 2019 年 8 月 30 日）

面试评委

7月4日，担任面试评委。这是本人近年来第四次担任公开招考面试评委。

7个面试考官，46名面试考生，3道面试题。

早上8：20进入正式环节，除去中午吃快餐45分钟，上下午中场各休息10分钟，到下午5：20结束，面试进行了足足一整天。

有两点感慨。

一是考生不易。考生早上八点集中抽签决定面试顺序，之后什么东西也不准带，就光光坐在会议室等候面试。抽签到后面的考生要静静坐等多个小时，是耐力的考验，也是情绪管控的考验。

中午以后的考生明显有着不利因素的影响。比如，中午饭后面试的好几个考生，听到主考官念完题目后，都会请求“再念一遍”。此次面试题目简单明了，主考官口齿清晰，考官考生面对面距离不到两米，按理说，一般考生不用再听一次题目的，这纯粹是午间头脑犯困导致的。越往后，特别是到了第40号考生以后，面对倦怠的考官，满怀激情的考生，激情早已受到打击，更要打起十二分精神，要拥有较强的自控能力，方可取得好的面试

成绩。

二是考官不易。考官连坐 8 个多小时全程都须细心聆听实属不易，但更不易的是一直充满热情和公正。

吃过快餐后，我的眼睛已经酸涩难忍，忍不住想打哈欠，眨巴一下眼睛，泪水就忍不住流淌下脸颊。人已经疲倦了！趁考生交接之际，我瞄了眼左右两旁的评委，一个是在靠椅背上枕着脑袋仰望天花，一个是用手指按着太阳穴。当然，新的考生坐到我们对面的时候，我们考官都立马坐正身子，用心倾听考生作答。我看到了后来考生的疲倦，面对每一个考生，我都坚持用亲切的笑容迎接他们落座，用赞许的目光迎接他们忐忑的目光。当他们答题完毕离开的时候，我会笑着对他们点头以示安抚。看着这几十个二十多岁的年轻考生，我仿佛看到了我的孩子——因为，我的孩子也在参加各式的考试，我的孩子也需要一个公正公平的评委。

面试的录取比例是 1 ∶ 3，三分之二的孩子都将被此次考试所淘汰。我佩服考生们的勇敢，也赞许他们所做的所有努力。经历就是积累，如果可以，真想给他们一个温暖的拥抱，告诉他们，不管这次是否成功，他们都是最棒的！

（写于 2019 年 7 月 7 日）

连轴转了两个多月，好想穿上漂亮裙子去郊游

早上起来，犹豫了几分钟，终于挑选了一件长袖夹层连衣裙去上班。

最近几天，按照上级疫情防控最新部署，任务加重，原本稍稍放下的心，又变得有点紧了起来。今天虽是周日，但全体人员早上八点到岗，我照例参加疫情防控组疾控小分队晨会。防控组领导小结了昨天24个小组入户排查及健康监测的情况，布置今天的任务，并对健康监测中关于核酸检测注意事项再次说明。

我坐在队员当中，发现医护人员们大都穿了两件衣服，小分队队员等会儿出发入户排查的时候，还将加上白大褂或是防护衣，我一个人穿长裙在这种严肃的氛围中是那么的格格不入。会一散，我立即回到办公室，脱下长裙，换上备用的长衣长裤，心里才感觉踏实了些。

疫情发生以来，记得应该是从1月中旬起，作为基层卫健部门办公室工作人员，我就没有休息过一天，印象最深的是大年初一初二都是每天持续工作十几个小时，当然也没有了双休日的概念。在防控工作最为紧张的阶段，因为连续作战，有好几个同事

病倒在了岗位上，这在一定程度上加深了人们的忧虑。我经常深呼吸，提醒自己要冷静，不要轻易地被外界铺天盖地的各式信息左右情绪。我把钟南山院士告知民众“免疫力才是最好的医生”的话深深记在脑海里。

除了时刻戴好口罩注意防护，我把吃饱饭、穿暖身作为提高免疫力最重要的措施。两个多月的盒饭，我餐餐吃得香香的光光的；每天我也穿得暖暖的。胖了没关系，暂时不好看也不要紧，关键是不能感冒、生病。

以前，我不喜欢不讲究的女性，现在，我自己却成了不修边幅的女人。有时，站在办公室窗前，凝视玻璃片中的自己，深陷的眼睛，长长的刘海，乱翘的头发，关键还有许多白头发也探了出来……这还是我吗？

有一天，有位年长的同事来到我身边说：“阿香啊，我请了位理发师，让他专门开门为你理个发，你看怎么样？”我一惊，脱口而出说：“好哇！但时间呢？”年长的同事站在我身边等了一阵子，见找我的人多得我脱不了身，就走了。第二天，这位好心的同事又来找我，我还是走不开。第三次、第四次，都没有去成。根本就走不开啊！感觉愧对人家一片好心了。

后来，有位同事给我买来一板小发夹，说：“你都快成野人了，把头发夹起来吧。”谢过同事，立即去洗手间，对镜夹头发。这一夹，不打紧，我的白头发全露出来了，看见花白的脑袋，一时不由悲从中来，我有那么苍老了吗？只盼望，这疫情快点过去，让我也好安静地坐到理发店去整理一下头发。

终于，领导关心，让我得以轮休一天。不料，从头天晚上入睡，直到次日上午近 11 点钟才在家人的呼唤声中醒来，这才知道，人，是真的累了！

如今，春雷阵阵，春雨洗去了疫情笼罩在人们心头的阴霾，到处复工复产复市，我的一些朋友也在朋友圈晒出户外踏青的美丽图片。而我，一个基层卫健工作者，现在还不行。我还在努力工作，等待疫情过去、正常上下班的那一天到来。到时，我会走进厨房，和家人吃上家常饭菜；我会穿上飘逸的长裙，让微风吹拂我不再戴口罩的面庞，走进大自然……

（原载于2020年4月5日《南方周末》，收录时有修改）

漂亮嫂子

我的大嫂，单名一个“妮”字。有解释说，“妮”是“爱缠着大人的小女孩”，可我从来就感觉“妮”是“受大人喜爱的小女孩”，因为在我听过的很多年前的故事中，我的叫“妮”的嫂子，她的父母是如何将她当成手中宝的。

我的大嫂长得很美，这是我从认识嫂子以来就“亘古未变”的认识。很多年前的一本全国知名画报的封面就是我嫂子的照片，这足以为证。我在上大一的时候，周末经常去在同一城市工作的大哥住处，在那里认识的嫂子。那时只感觉她比我高出半个头，白净的脸上透出淡淡的红晕，深深的双眼皮下那双大眼睛仿佛京剧中细心描过的花旦的凤眼。她是老革命的后代，生活条件优越。但这并不妨碍我们交谈。那时以为她只是哥的一般朋友，所以没什么拘束，和她聊天也是很自然。但当时就感觉她长得真美，穿衣服真漂亮。还有一点就是，她说话声音很清脆，普通话很标准，让我这个学汉语言文学的特别佩服！

直到有一天，大哥说：“那是你嫂子，喜欢不？”我立即吓了一跳，心想，我的大哥啊，这么美的女孩你也敢想啊！这层关系一挑破，嫂子再见到我时，一声“小妹”喊出，我立即有了“自惭形秽”的感觉。那时的嫂子，高挑丰腴的身材、白里透红的圆脸，精致的五官、漂亮的穿着，我这个面黄肌瘦、个头瘦弱的农村女孩站在她面前，简直是个十足的丑小鸭，连手都不知该往何处放，显得非常拘谨。

显得拘谨的不仅是我。当我亲爱的大哥把妮带回家时，全家人都紧张了！不，应该说是我们那个小山村都沸腾了。父老乡亲都知道大哥带回来一个城市女孩，都想来看，看了都不停地夸奖“真的长得好看”。乡邻们夸完了，散去。一家人围着这个城市媳妇忙开了。嫂子却自个把木屋楼上楼下四处看了个遍，爹妈担心她嫌我们家穷，紧张地站立一旁，等着她下结论。妮却开心地用标准普通话说：“妈妈，那头猪养得真好，那么肥，过年我们就有肉吃了！”妈妈立刻用她的贵州方言回应，婆媳算是找到了共同语言，我在一旁放下了紧张的心。

嫂子对妈妈说：“我来炒菜吧！”把妈妈一惊，我和姐姐赶紧示意妈妈同意。妈妈看着暗暗的火炉房，稍稍犹豫了一下，就说：“会把你手弄脏的。”

“不怕，不怕！我在家里也经常做饭给我爸妈吃的。”在一旁的父亲赶紧说：“那就辛苦你了！”我和姐站在一边，给嫂子搭把手，妈妈把油罐、盐罐摆出来，嫂子一提油罐，朝妈妈说：“油太少了，妈妈！”妈妈说：“不少，不少。”

父亲赶紧说：“我再去取点来。”于是，我看到父亲取了钥匙，我知道油一定是锁在二楼的粮仓里，那个年代我们家平常炒菜是不放油的，顶多放几粒小小的西红柿，润一下锅而已。

妈妈说：“还是我去吧”，一边接过父亲手中的钥匙。我赶紧跟了去，妈妈说：“那是留着过年用的油哩！”我说：“先用吧，你看人家是大城市来的，肯做事就不错。”妈妈应着，我们

取了过年的油，回到火炉边。

锅已热，只见嫂子提了油罐，一倒，“哎呀，这么多！”妈妈脱口而出，父亲也在一旁惋惜地看着。我和姐姐惊呆了，只见锅底圆圆地积了堆油，面积足有一个小饭碗口那么大。还没回过神，嫂子说：“炒鸭子，多放点油才好吃”，油罐又开始倾斜。

“我去拿点柴火来。”妈妈借故走出火炉房，我赶紧跟出，安慰妈妈：“妈妈，我们过年不吃油就是了，别心疼啊！”

饭后，我和姐“伺候”嫂子洗澡，嫂子是城里人，在家洗淋浴惯了，我和姐每人挑了担水桶去井边挑水回来，热了给她洗澡。

嫂子终归是见了公婆了。嫂子一走，全家人松了一口气，但想到过年时嫂子还会来，父母亲有点发愁了。

嫂子在娘家是老小，所以受宠是肯定的，但嫁到我们家却是当大嫂，这个角色转变，让大嫂很开心。她开始关心弟弟妹妹们的学习、工作和生活。她会和大哥一同考虑弟弟妹妹们上大学的费用、家里的补贴，有时比大哥更操心一些。有一天，她对我说：“小妹，谈朋友了没？”没等我回答，她又说：“等着啊，嫂子帮你找个条件好的男朋友。”以为她开玩笑，没想到，几天过后她找我，递给我一张纸，上面是一个表格，分姓名、年龄、工作单位、家庭条件好几栏，全是她找来的认为条件好的人，准备让我从中挑选一个作为男朋友。以至于多年过后，嫂子还耿耿于怀，对我爱人说：“当初找的每一个人现在都比你官大哩！”呵呵，亲爱的嫂子，我现在生活得很好，不过，真的谢谢你当年的操心啊！

工作了，有一次出差去哥嫂住的城市，嫂子依然是那么漂亮，只是胖了不少。一见到我，她不顾周围大声叫起来："小妹怎么那么瘦？憔悴得像个鬼似的，我去买点好吃的给你补补！"晚饭时，嫂子给我端上一大钵东西，糊糊的，也不知是炖的、还是熬的、抑或是煮的东西，里面是肉和一些中药。"给我吃完，好好补补！"然后，就坐在一边看着我吃，并说："你看我，身体好，气色好，穿个麻袋都好看。"

直到现在，我依然记得那句"气色好，穿个麻袋都好看"。是啊，身体不好，脸都是菜青色，穿什么品牌都是空的啊！

嫂子在城里长大，工作和生活也一直在城里，她时尚、漂亮，有时说话太过直爽，让家人难以接受。但二十多年来，我们也发现，她从未嫌过我们生活在乡下的父母，从未嫌弃过我们的家。父母生病，她会亲自劝说父母到她所在的城市看病和治疗，并不惜带上父母去找她的关系和门路。父母拌嘴生气时，她的左一句"我的个妈妈哩！"右一句"我的个爸爸哩！"带一丝娇气和不由分说，总是把父母说得开了笑脸。对父母从乡下带来的土产品，她总是如获至宝，让父母特别开心。前不久，我的孩子高考时，填报志愿不慎，被离家远的大学录取，小孩急得直掉泪，嫂子一句"我的蓉宝宝呃"，让我这个当妈的在一旁听了都感动。半个小时后，孩子笑了，对我说："妈妈，舅妈真好！"

嫂子是挺能干的人，她跟随她的老革命父母经历了很多，如"蹲牛棚"什么的，所以也很能吃苦。她在省报报社当过记者，在市政府机关工作过，也去过好几家国有企业工作过。但不管做什么工作，她一直没有忘记自己在我们这个大家庭的多重角色。

她孝敬公婆、关爱弟妹，她扶持丈夫、教育晚辈。虽然我们兄弟姐妹天各一方，各自忙着自己的工作和生活，但我们经常会在电话里说起她。在这个大家庭里，嫂子就是嫂子。

现在，我好久才能见到一次嫂子。但我知道，她那双深深的双眼皮下的大眼睛依然如京剧中花旦的双眼那般柔情、有神。多了生活的积淀，她的美丽更增加了一份气质和风韵。我们祝愿嫂子永远年轻、美丽！健康、平安！幸福、吉祥！

我们爱您，美丽的大嫂！

——谨代表姐姐夫妇、我爱人、弟弟弟妹撰写此文庆贺大嫂生日。

（写于2013年11月3日）

弟弟是谁

小时候——

弟弟是那个坐在你背上背篓里被你左摇右晃背不稳吓得哇哇直哭嫌你太单薄无力的小小男孩；

弟弟是那个穿着补丁衣服也要干净整齐嫌你做事毛手毛脚但也天天跟在你屁股后面的小小男孩。

长大后——

弟弟是那个看到你辛苦看到你劳累他就皱眉头发牢骚满腹心疼你的人；

弟弟是那个教育批评指导你的孩子时自自然然不感到尴尬不难为情的人；

弟弟是那个孝敬父母疼爱妻子敢于担当告诉你出远门不用担心父母的人。

（写于2015年8月22日）

波哥戒烟

我的先生波哥有三十多年的烟龄了，有过几回短暂的戒烟，这次是真的戒了，所以得记录一下。

波哥那天回家对我说："我戒烟了。"我平静地应了声："哦。"

他再说："我是真的戒烟了。"我这才回过头认真地看了他一眼。

波哥开始跟我说他这次戒烟在学校引起的"轰动"。

那天，波哥在单位对同事宣布说，戒烟了。

"大家有什么反应？"我好奇地问。

"结果，斌少说：'波哥你要是戒烟了，我就戒饭！'"

我一听，"哈哈哈哈哈哈"笑了起来，要知道，这位"斌少"是我和波哥共同的同事，也是烟瘾较大的一位。

波哥也非常灿烂地笑了起来！

波哥大学时代开始接触香烟。起先是图时尚，好玩。后来工作了成家了，烦恼要吸烟，开心也要吸烟；有大事要吸烟，应酬也要吸烟，总之有各种理由需要吸烟，久而久之，就真正上瘾了。

我是一直反对波哥吸烟的，倒不是舍不得钱（我仿佛不知道吸烟是要花钱的，直到现在某一天，波哥自己说不吸烟了，每月可以节省大几百块人民币，我才突然心疼过往波哥花的钱），而是真心认为，吸烟有害健康，不可以看着他损坏自己的身体。

为了让波哥戒烟，我用了各种方法。

一是劝。从烟草的成分对人体健康不利说起，从吸烟对家人对孩子的影响不好说起，从吸烟会让他在同事中有损光辉形象说起，从家人老母亲对他的殷切希望说起，各种劝说，劝了不下二十五年。

二是骂。当然不是骂街的那种骂。就是那种“离我远点”“瞧你把家里弄得乌烟瘴气的”“像个烟鬼”“以后老了哮喘了病了别找我”之类的话，话虽不怎么地，但配上我气急败坏的语音，还是产生了骂的功效。

三是激。你不是吸烟吗，那我也吸。当了波哥的面，他吸一支，我也拿出一根当他的面点上吸。可惜人家不心疼，反而有一种一起吸烟多了个战友的感觉，我自己反倒被呛到不行，往往吸了一两口赶紧偷偷掐灭丢掉。

四是毁。不多说，见到波哥抽烟，我只要行动就行。见到烟盒、打火机，我立即处理掉。有时是波哥从外面偶尔得到的一两根好烟，拿回家来跟我炫耀，这烟如何如何贵，我会趁他不注意，把那根很贵的烟掐断成几截，这时，波哥会心痛得脸红脖子粗骂我疯了，我反正不理他吼。久而久之，波哥抽烟变得隐秘起来，回到家中虽然会浑身烟味，但不会再公开在我面前抽烟。我这人从不翻看波哥的衣服口袋、钱包和手机，只是有一次，波哥出差回来，我帮着清理他的行李箱，就看到有一盒已开启的名牌香烟和一只打火机。我不声张，忍着火气把这两样东西给处理掉

了。过了一会儿，我看到波哥在那个行李箱里找了好久，还若有所思的样子，估计是在回忆是不是把亲爱的香烟忘在了何方。后来一想，从不健忘的他估计是明白了过来，就对我说："那盒香烟好贵的，是我买回来分送给同事们的。"我装作糊涂，没有理他。

劝，骂，激，毁，都不起作用。我心里着急，却又无可奈何。

2010年至2013年，我回到学校工作四年，这期间，与波哥成了同事。我才发现，波哥要戒烟，难度真的好大。因为，他的搭档，他身边的同事，随便一数，就有十来个烟客。上班的时候，随时会有人给他递上一根香烟说："波哥，来一根！"有时波哥很忙，对方还会好心地把烟夹到波哥的耳朵后。有时，也会有人跑进波哥办公室说："波哥，有烟不？给我来一根。"这时，波哥便会拉开抽屉，抽出一颗烟来递给对方救急。这样的环境，如何戒得了？

2012年的一天，学校创办"无烟校园"，准备成立一个戒烟领导小组。行政扩大会上，数十名与会人员的眼睛齐刷刷看向我，有人说"阿香当组长最合适"，在场的人员都心照不宣地笑了起来。但即使我是戒烟领导组成员之一，波哥也还是戒不了烟。我只好下了狠心说："别当了我面吸烟，别在学校吸烟，别回家吸烟。其余你爱怎么就怎么！"

我感觉波哥当时心里应该是感到轻松了许多，毕竟，我给了他吸烟的空间。

那年的寒假，学校有两位同事带了家人去我家串门聊天拉家常。一进家门，我准备了水果和糕点。但其中有位同事手里掏出香烟，眼睛在找寻烟灰缸，我笑着说："老师，我家不可以吸烟，不好意思。"对方只是一愣，迅即站起身来，去我家厨房，自己拿了个碗盛了半碗水出来，还笑着对我说："我跟波哥不一样，哈！"一点也没有不好意思，倒是我有点尴尬了！客人一抽，主人只好作陪，波哥看了我一眼，见我不方便阻拦，立即开心地点上一根！

一年一年过去，波哥就这样一直没有戒烟。偶尔说要戒烟，我都高兴得马上去买了各种好水果慰劳他并为他鼓劲，只可惜永远都只是一下子脑袋发热而已。

岁月一点都不做假，中年波哥脸上的皮肤逐渐变得干燥，还慢慢起了色斑。

前年，单位体检报告提醒波哥，最好戒烟。那一刻，我突然心痛得厉害。当年，我们离家南下，是想把日子过得更好。如果车有了房有了，却没有一个好身体来消受，那么又有什么意义？

我再一次跟波哥说："你的学历比我高，道理比我懂，戒不戒烟你自己看着办吧！"

慢慢地，波哥下班回家时，我不再闻到他身上的烟味了。那天，我参加一场婚宴，主人给我两盒价钱昂贵的喜烟，如果换做是别的东西，我一定带回家给波哥分享，但因为是香烟，我犹豫了一下，就断然回绝了主人，没有带回家。

有一天，我看到书房书柜上有一条"高级烟"，我没作声。波哥却主动对我说："是老家一个亲戚送小孩来南方上学带给我的，你把它处理掉吧。"我大吃一惊，但我立即处理掉了它，生怕波哥一下子反悔就又会拆开它。

波哥真的戒烟了！

他自己说，其实戒烟就靠自己。自己想明白了，外在的诱惑不算什么，戒烟其实没有那么多借口，没有那么难。

我当然是高兴的。我静静观察了一个多月，确定波哥是真的戒烟了，我立即打电话告诉了孩子奶奶。老太太在电话那头说："感谢啊，感谢你帮我儿子戒烟了！我儿子可以多活几十年了！"

我大声回复说："妈妈，哪是我的功劳，是您儿子自己想明白了！"

老太太高兴，做儿子的波哥更是高兴！

令人高兴的还有，波哥身边的搭档、同事，看到波哥戒烟了，好几个烟龄四十年的同事也都戒烟了！

现在，波哥用每天的水果取代了香烟，而我，不用劝，不用骂，不用激，也不用毁，我只用记得每周买回水果。而几十年来少有吃水果的波哥，现在也是一天一苹果了！

（写于 2019 年 7 月 7 日）

女儿工作了，过年我给她发了这样一张奖状

大年三十晚上，新年钟声就要敲响的时候，和往年一样，我和孩子爸给女儿小敏发压岁钱，同时给女儿颁发了一张小奖状。满脸笑容的女儿赶紧把手中的利市放下，诧异地接过红红的小奖状。

这张奖状上写着："文敏同志：2018 年，学习认真，参加了工作招考和考研；工作努力，得到了领导同事的肯定；生活用心，为人处事有了新的进步。被评为优秀青年，特此奖励。望 2019 年再接再厉，更上层楼。"落款是"家庭委员会"。

小敏凝视小奖状良久，眼里含满了泪水。她转身抱住我说："妈妈，我真的很优秀吗？你和爸爸真的觉得我很不错吗？"

我紧紧抱着这个比我还高的已经长大的女儿，轻轻地拍着她的后背说："是的，2018 年我家小敏就是这条街上最努力最能干的崽，爸妈爱你。2019 年，我家小敏还会更努力，更出色！"女儿一时竟然哭出声来，仿佛是肚子里装满了委屈，过了好一阵子，才停住抽泣。用纸巾擦干眼泪，露出了新的笑容说："爸妈，2019 年，我也会是努力的幸福的崽崽哦！"

女儿小敏 2018 年 4 月考取了政府机关的一份工作，工作八

个月来，可谓风雨无阻，尽心尽力。记得上班的第一天，女儿下班回家来，我在厨房，她跟进厨房，我在客厅她跟在客厅，总之，跟在我身后，跟我“汇报”她上班一天的所有点点滴滴。第二天，女儿依旧是满脸笑容回来，跟在我身后不停地“汇报”着一天的见闻。我诧异于孩子对这份工作的满腔热忱，但我知道，作为一名新入职工作人员，她需要学习的太多，她需要磨炼的更多，决不是仅仅靠一份热情就可以做好工作的。

果真，接下来的日子，女儿的工作酸甜苦辣竞相交替。

有一次，领导交代小敏写一篇工作总结，她一阵埋头苦干，洋洋洒洒写出几千字，直接交给了领导。结果，领导一看，说，太大太空，希望她有空多读读省、市的党报。那一天，女儿回家诉说着她的不满，而我没有马上批评女儿，只是把家里订的报纸找了几份出来，对女儿说，省、市的党报既有中央大政方针政策也有本地实际接地气的内容。女儿想了想说：“哦，那我明天找领导问了再修改。”后来，我看到女儿养成了阅读报纸的习惯，再后来，她自己还有小文章发表在了省、市日报上。

作为新人，信息文字、文件收发、后勤采购、联络人大代表、走访慰问群众、完成领导交办工作等都是小敏的工作范畴，但不管领导安排她做什么工作，女儿从不“讲价钱”。因为工作没经验，有时辛辛苦苦工作了，因方法不对效果欠佳也会挨领导批评。我和孩子爸虽有担心和心疼，但我们都把这份担忧和牵挂放在心里，让女儿自己去面对去成长，小敏也选择乐观勇敢地面对困难、接受挑战。

每天上班出门时，小敏都会乐呵呵地跟我道再见：“今天也是努力的小敏哦！”每天下班回家，小敏疲惫的身子一闪进家门，仍会乐呵呵地对我说："今天也是能干的小敏哦！"女儿的乐观上进，时时感染着我。我细心地呵护着这份宝贵的勇敢自信和乐观上进，当女儿取得成绩时，总是适时鼓励她："今天也是很棒的崽崽！"

可是，有一天，女儿不开心，不乐意了！

那是年末的一天，小敏单位要评年度优秀了，她认为自己做了许多工作，希望得到表扬，对这个评选充满了向往。而我明确告诉她，一个任职不到一年的新人，按规定是不可以评上优秀的。

过了两天，女儿欢呼雀跃地出现在我面前，告诉我她的主任亲自去了组织人事部门，推荐她为部门优秀，并已经填表上交了！女儿斟字酌句地填写表格里自己优秀的表现，丝毫不掩饰自己的开心和骄傲。

我也纳闷了，工作未满一年，可以评年度优秀吗？但心里感激孩子的领导，也为女儿真心地高兴。这完全可以好好地鼓励年轻人继续前行啊！

可是，没多久，消息传来，上级分管领导审阅时没有通过，小敏评优泡汤了。女儿首次在工作时间通过微信向我表达了她十足的失落。作为工作人员的小敏把年度总结大会上将要颁发的奖状拍照发给我说："多美的奖状啊！本来也有我的一份啊！"羡慕，还有失望，掺杂其中。我的心里一紧，担心孩子太在乎这奖状，太在乎这份荣誉。

总结大会那天，女儿给我"汇报"了大会现场的场景。"妈妈，我没有评上优秀是对的！那些评上的人员，一个比一个优秀，他们是真的了不起！和他们相比，我太自愧不如了！"女儿

的信息，让我瞬间感动，深感欣慰！

想着女儿一年的成长进步，我心里萌发了一个念头，我给女儿发奖状！

我到书店买了小奖状，自己在电脑上打下了开头那段文字，又自行设计了一个红印章，并选择在大年三十颁发给了女儿。

我没想到女儿接到奖状时的反应。但我想到，一个年轻人的成长进步，需要表扬肯定和激励鼓舞。我记起了单位一位年轻同事在报纸上发表一篇文章后急急来到我跟前分享时的期盼鼓励的眼神，我想起了周边无数朋友慢慢忽略了对青春叛逆期儿女们应该多多肯定和鼓励。无论是家庭、单位还是社会，都应该给十几岁二十几岁这个特殊时期的年轻人多一份友好、关爱和鼓励，让年轻的他们成为“这条街上最靓的崽、最棒的人”！

（原载于2019年2月12日《南方周末》，收录时有修改）

感恩我的大学体育生涯

忙里偷闲的日子，在家观看2020年东京奥运会，让我非常享受，突然就想说说我和体育运动的那些故事。

很少有人知道，我大学时代曾经当过校运动员，而且参加的项目较多：女子100米跨栏、800米跑、5000米跑、10公里越野跑、标枪、铅球、跳高、跳远，参加过田赛、径赛、球类大大小小无数次比赛，拿过金、银、铜牌，或是没奖牌。很少有人相信，可事实就是如此。

我大学时不是学体育专业的，当上运动员纯属偶然。但大学时的运动生涯足足影响了我大半生。

我是20世纪80年代上的大学，那时，国家改革开放刚刚起步，乡村百姓生活还较为贫困，我上大学时没有棉衣毛衣穿。每当冬天来临，冻得瑟瑟发抖的我，就会把跑步取暖当成最佳选择。开始是晚修后，去田径场跑个三两圈，身子发热了就赶紧回宿舍睡觉。后来，成习惯了，白天也去跑，有时十圈，有时二十圈、三十圈。那时跑步，很纯粹，没有一点心理负担。每次跑下来，心情特别好。跑多了，结果，被大学体育系的一个老师发现了，把我选进了校田径队，开始了正儿八经的训练。

当上跳高、跳远运动员的经过更是有点意思。我来自大山深

处，自小爬树跳跃十分麻利。于是在一次体育课中，被发现有跳跃的特长，进了学校跳高、跳远训练队。后来，又因为跑步有耐力，弹跳力好，顺理成章地又被选进了校女子100米跨栏队。进入校篮球队是挺尴尬的事，因为我个头不算高，技术也不算好。不过，好在我体力好，拼命地练投三分篮也还有效，所以总是打全场，久了，技术进步了不少。我最喜欢的项目，是投标枪。每次比赛，投出的标枪在空中以美丽的弧线划过，枪尖稳稳插入泥土中，总会赢得观众们真心的喝彩声和掌声。

我那时参加比赛，心理素质不是很好，但参加比赛的次数多了，也就变得沉稳了不少。记得有一次参加女子100米跨栏比赛。在日常训练中，我的成绩是很好的，但我就是不自信。站在起跑线上，相邻跑道的一位选手在蹦跳着、大叫着："我能行！"那气势仿佛她已经取得了冠军似的！而我却一直低着头。

"预——备"，裁判叫着，发令枪即将响起时，我大叫一声——

"请等等！"

"怎么啦？"裁判举起发令枪的手放下来。

"我想上厕所。"四周观众一听，大笑起来。

"快点回！"裁判狠狠地瞪了我一眼。

我之所以敢这样提要求，一是因为那些裁判有些就是我们平时的教练，另外，最为重要的原因，是因为我有实力，是重要的队员之一，裁判也不敢轻看我。

去到厕所，深呼吸，再深呼吸。再回到比赛场。

起跑线上，腿还在微微发抖。

"叭！"枪响了，我总是慢小半拍。但是，一旦冲出去，我就冷静了！发力！一、二、三，起跳——跨！一路上慢慢地见不到别人……冲过终点，我知道，我赢了！

大学毕业刚走上社会那阵子，还没有意识到体育锻炼带来的好处。只是很后悔，因为那些跳高跳远啊、标枪啊、跨栏啊，再也没有了用武之地。只有篮球，我工作后成了单位主力，但屡屡受伤。香港回归那年，参加行业系统篮球赛，被对方一个大块头撞得踝关节脱臼，县城街头庆祝香港回归，我是我先生背着在街上看热闹场面的。后来，又代表单位比赛，手也受伤了，自此，我就乖乖地退出了各类体育比赛。

随着年龄的增长，慢慢便感觉到了体育的好处。新世纪之初，我从内地调到珠三角一座美丽的城市工作，心理压力、工作强度也随之大了起来，加班加点成为常态。但即使如此，也一直都能以饱满的精神处理好工作。印象中，年年参加当地“慈善万人跑”活动，在政府机关最前面的方阵，我也能一口气轻松地跑完 4.8 公里。

2010 年，我有幸到珠三角一所高中学校工作四年。我选择任教高中体育专业班的语文，面对全班充满灵动生气的阳光少年，我用我曾经拥有的体育知识赢取他们的信任，用我大学中文专业的知识以及近二十年的社会阅历教给他们语文知识，可以想象，我和我的学生相处得是多么融洽。最后的结果是，经过三年的努力，我的体育班的学生们语文高考成绩远超出预期，孩子们绝大部分升入高校。因为体育，我结识了一群优秀的少年！

2014 年，重回政府机关工作，面对繁重的工作任务，我以良好的体质和坚强的意志支撑着前行。在最劳累的时候，我也依旧挤时间锻炼，下班后，甚至是晚上加班后。2016 年，我完成

了在业余时间走完1000公里的目标，并报名参加女子马拉松半程赛。2020年，新冠疫情突然来袭。从除夕之夜起，一直到五月，我没有过一次周末双休，每天工作达十几个小时，可谓心力脑力体力俱疲。身边的同事累倒了好几个，也有同事担心我这个“60后”会倒下，可我没有。我知道，是运动，是多年的运动赋予我的良好体质和坚强毅力，支撑我走过了最为艰难的岁月！

2021年，依然是个繁忙的年份。我也有多年不曾参加运动会了，但在心底，我默默地怀念着大学时代的体育生涯，怀念着风里雨里走过的锻炼之路。始于大学时代的体育运动，强我体魄、健我心理、给了我美好精神享受，所有的运动时光给了我健康。每当看到身边运动的人们，每当有机会走过田径场，我的心里都会涌起一种美好的情愫，心情也会好起来。

时代在进步，世界在发展。疫情狂虐下，奥运会没有被取消而是延期举行，2020东京奥运会虽为首届不对现场观众开放的奥林匹克运动会，但依旧是人类呼吁健康、呼吁体育竞技的重要体现。作为普通人，忙碌的工作、美好的生活都需要拥有健康的身心。所以，从现在起，运动起来吧！

（原载于2021年8月11日《南方周末》，收录时有修改）

最想吃什么

“你最想吃什么？”经常有家人朋友问我。

很小的时候，就想着吃个鸡蛋。有一天跟随妈妈去外婆家走亲戚。在舅舅家，舅妈煮了 5 个鸡蛋，分给我和表弟表妹一人一个。我手捧鸡蛋，轻轻地在门槛上一磕，剥掉蛋壳。我递给妈妈，妈妈让我吃。我简直不敢相信这个待遇属于我。那颗鸡蛋是我关于食物最美好和最初的记忆了。

小时候，家里养有三五只鸡，因家里没食物喂养，它们每天在山坡上菜地里啄虫子吃。每次鸡生了蛋，奶奶和妈妈就捡了用一个竹篮收起来，过一段时间到集市卖了，把钱给父亲，给我们兄妹作学费之类。有一年我过生日，奶奶在煮猪食的大铁锅里丢下一个鸡蛋，煮熟了捞出来，就塞给我。煮鸡蛋，成为我小时候吃过的最为奢侈、最好吃的东西。在我幼小的心灵里，我想长大以后如果能吃很多鸡蛋，该是一件多么幸福的事。

少年时，就想吃上不掺菜干、南瓜的干饭。

我的少年时代，生产队的农田还没有承包到户，还需要出集体工算工分计口粮。爷爷奶奶年事已高，我们五兄弟姐妹又都还没成年，还全都在上学不能出工，全家只有父母两个人是劳力。一年下来，一家人的口粮细细匀着吃到三四月份就没了，只能去

生产队借。等到秋后完成上交国家预购粮任务，再还掉借的粮，家里粮仓又空了，又再去借。年复一年，持续了好些年。那时家里有一个特别大（我双手合拢都抱不过来）的铁鼎罐，用来煮一家九口人的稀饭。煮饭时用竹筒量一竹筒米，加上约二十竹筒的井水，大火烧开，只见米粒上下翻滚，中火煮了好久，最终也只能煮成略带米色的稀汤，妈妈用三四粒自家种的小西红柿代替食油将铁锅滋润一下，炒出一大碗酸菜之类，一家人就着喝下稀饭，总是在碗的底部才见到几粒带有清香味的米粒。我和哥哥姐姐每人喝两大碗去上学，跑下家门口台阶时总会听到肚子里咣当咣当地响，上课不到一会儿，上几次厕所，拉两泡尿肚里就空空了。正是长身体的时候，我们兄弟姐妹，实在是饿得不行。那时年幼不知事，后来想起父母，也不知每天翻山越岭去田里干活时该有多么饥饿和无力。

后来父母想办法，在煮稀饭的时候，往铁鼎罐里面加进一些菜干，有时候是南瓜，有时是红薯，冬春季有时加竹笋。总之，加进去一些杂七杂八的东西，但仍然稀得能见人影。

见到干饭，是外公外婆这些尊贵的客人来的时候。妈妈会用一只排球大小的铁鼎煮半罐干饭。饭熟了，我看见妈妈打开盖子的时候，小铁鼎里，一半是白白的米饭，另一半是掺杂了菜干、红薯、南瓜的五彩的饭。妈妈给外公外婆每人装上一小碗没掺菜干的纯米饭，把掺了菜干、南瓜、红薯的另一半装了递给爷爷奶奶。我和弟弟只能在门边远远地看着，不停咽着口水。外公外婆在我和弟弟们的注视下往往只是象征性地端了端碗，就说饱了。送走外公外婆，一转身，妈妈就将那两碗外公外婆端过但没吃过的白米饭，递给爷爷奶奶。爷爷奶奶端了白米饭看了看，转手给了身边我的大弟和小弟，自己依然端了掺有南瓜红薯的干饭，又分出一半来，才开口吃。这时，我和姐姐得以吃上爷爷奶奶匀出的掺了菜干的小半碗干饭。而我哥哥早就瞄准了鼎中的锅巴。记忆中，这就是小时候吃过的最好吃的干饭，有一点大米的清香，伴一丝南瓜的甜味。

这种喝稀饭的时光，从我的小学一直持续到了我的初中毕业。生在偏僻的大山深处，并不知道外面的世界，因此我从来没有过羡慕。我不知道，除了干饭，还有什么东西是好吃的。少年时代的我一直都是发育不良，眼窝深陷，眼睛显得特别大，人也干干瘦瘦的。

再大一些，就想吃个饱饭。

20 世纪 80 年代初，我进入县城一中读高中。站在学校食堂窗口前，递上一张三两的饭票，就有一个深褐色土烧瓷钵子装的饭菜递出来。正是长身体的时候，吃饭是最大的诱惑。每次下课铃声一响，几乎所有的学生都向着学校食堂冲去。窗口一时间排了好几条长队，但很快不知什么原因，队伍就乱了，窗口变得异常拥挤，大家都想早点拿到饭菜。我是很少去挤的，因为我人瘦小力气小，挤不进去，偶尔被好心的同学挤进里面去了，手里的饭钵子也送不进窗口。记得有一次被挤进去了，我前胸贴着窗口水泥台，后面全是人，我觉得肋骨都快断掉了。以后就不敢再去冒这个险，老老实实排着队，等到最后，很可能就只剩下了锅巴，那样感觉更好，因为锅巴扛饿。那时的同学们打到饭菜后，总是狼吞虎咽吃得精光。那时候家里依旧很穷，交不起米，买不起饭票，我一天只能吃上两顿饭甚至一顿饭。但我不在乎有没有吃上三餐，能吃上和同学们一样的饭菜，偶尔还能吃上一两片肥

肉，就感觉已经十分幸福，只可惜不能带回家给爷奶父母尝尝。高中时代我依然很瘦弱。

考大学时，我的成绩虽然很好，但毫不犹豫选择了当时国家包吃包住包穿的大学，可惜老师没给我报警校，我在首批录取中就被师范院校录取，但也不错，包吃包住，挺好的。在大学，国家发给我们每人每个月十几块钱的生活费。记得，那时一个馒头1分钱，一个肉包子5分钱。1毛5就可以吃上肉菜。

我终于可以一天三餐吃饱饭了！我感觉自己是世间最幸福的人，人也开始长个了，一个学期下来，长胖了不少。我每天吃的都是馒头，舍不得吃肉包子和肉菜，这样每个月我可以节省下来10来块钱，用作牙膏、肥皂等日常生活开支。大学第一个学期结束放寒假时，我打了30个包子馒头，用铁桶提了回家孝敬爷爷奶奶爸爸妈妈。这也是我大学时代，关于吃的最美好的回忆了。

后来，就想吃点肉。

20世纪80年代末，我参加工作了。

一个月的工资虽然只有几十块钱，但是个人吃饱饭已经不成问题。最初几年，要帮爸妈分担一点经济负担，还要成家，我是非常节省。结婚后怀孕了，我每天也只舍得买点豆腐，多炒几个蔬菜。至于吃点鱼啊肉啊，还是很奢侈的事。后来，坐月子了，妈妈从老家带来十几只自己养的鸡，加上人情往来的鸡和蛋，先生每天煮了给我吃。这应该是我人生当中，第一次吃鸡肉吃得心安理得的日子了，能吃饱吃好，还不用自己操心做，也感觉很幸福。

日子在奋斗中前进。生养孩子，赡养老人，购买房子，购买车子，人情世故，无一不需要钱。但就算这样，也早已过上了每天吃干饭、经常吃肉鱼的日子。至于吃水果，还是奢侈的事。感觉水果是可吃可不吃，不是生活必需品。

后来，就想吃点水果。

真正吃上水果的日子是到了21世纪。来到南方工作后，生活条件日益改善，日子是越来越好了，我却仍然过着节俭的生活，想着出门在外，处处都需要用钱，还是不敢大手大脚。周边的水果店越来越多了，家里也开始新鲜水果不断，但那都是买给老人孩子吃的，自己依然是舍不得吃的。

有一段时间，我特别想吃猕猴桃和葡萄。记忆中，少时的老家乡下野生猕猴桃酸甜可口，随处可摘，但在现今的南方城市每次去超市或水果店，有时猕猴桃标价一个要五六元甚至十几元一个。有资料说，猕猴桃特别能补充维生素C，但价钱有点贵，因此很长一段时间我只买来给家里老人吃，老人基本是每天一个。那时候，我就在想：我什么时候才能不心疼钱地吃上猕猴桃呢？

现在，进入2022年了，人过半百了，肉也好，鱼也罢，水果也好，想吃什么，早就不是什么难事。日常生活中，一些海鲜、山珍也早已走进寻常人家中。走进商店，各种吃食，琳琅满目。能吃的品种，天南地北，春夏秋冬，无奇不有。先生说："你想吃什么就买什么。"孩子也说："妈妈你要对自己好一点。"那天，偶尔说了句想吃榴莲，先生就连续隔一天买一个回家，直到我制止成功。我大呼浪费，孩子和她爸却说："辛苦大半辈子，趁着现在能吃，也买得起，就赶紧吃，钱用了还会来的。"想起之前的猕猴桃，觉得他们说的也有道理，能吃，吃得起，难道不也是一种幸福么？终于，自自在在地吃上了香香糯糯的榴莲。

（原载于2022年8月22日《中山日报》，收录时有修改）

昨夜失眠

昨夜失眠，用了几种办法都不能入睡，看了一下手机，已是后半夜三点，不由得有些焦急和不安。曾记得有专家说过，多想想自己喜欢的美好的事物，就可以安静地睡去。于是开始想象最美好的景象，以减轻焦虑，让自己心情平静下来。

开始想象一些美好的东西，以前去过的广阔的内蒙古大草原，无边无际；但头脑似乎不喜欢，一闪就又闪到大海边，一望无际的大海，还有软软的沙滩；头脑感觉还是不喜欢，似乎更加着急了。接着，回想去过的美丽的公园，爬过的高山，都不行。

头脑翻山越岭，一下子回到了千里之外的家乡，头脑似乎更加清醒了，但仍由思绪回到老家，风雨桥，大黄狗，门前桂花树，像过电影一样，片段接片段。

突然，脑袋思维一下定在水牛洗澡、黄牛归家的镜头上：傍晚时分，站在自家的吊脚楼上，看到门前马路两边翠绿的稻田、缠绕的小溪和远处的群山，不一会儿就看到远处山坳里走出归家的水牛，一头，两头，三头……大的，小的，十来头牛沉沉稳稳地从山间小道由远至近走来，走到家门口拱桥边，依次走下小溪里。

小溪有一个水塘，两丈来宽，四五丈那么长，水深到了牛的大半个肚子处。领头的牛一直走到水塘最里边，后边的牛儿依次走下水塘，然后一一躺在已然浑浊的水里。每次一躺就是半个来钟。

这时，我就会跑下楼梯，弟弟也踉踉跄跄跟在我后面，姐弟一起来到拱桥边，看着水牛静静地泡在水塘里。只见有的牛儿甩着尾巴把水浇到身上，有的牛儿嘴里磨着牙儿（长大了才知道那叫反刍），弟弟有时会丢颗小石子到水塘里，老牛便会抬起头看一眼，很快就明白是小孩子逗着玩，于是，也就不理会，继续悠闲地磨着牙，小牛却站起来，久久地看着我们。

黄牛是旱牛，是不下水的。三五头黄牛就懒散地在溪边田埂上低头吃着看不清的什么草儿，有时抬头看一下近在嘴边的稻禾，却很自觉地不去偷吃。

大约半个小时后，牛的主人挑了柴从远处山坳里走来，到了塘边，并不停下，而是大声吆喝一下："水牯，该回家了！"

那头被唤作"水牯"的水牛便从水里站了起来，沿着边儿走出水塘，其他牛儿也一一起身，跟随水牯，沿着小溪从拱桥的这一端走向桥的那一边，我们小孩们也起身，从拱桥的这一边横过马路，爬在拱桥另一边的桥墩上，看着牛儿们一头一头露出弯弯的牛角，"一、二、三"地数着数。水牛儿们走在小溪里，慢慢地被一些溪边藤蔓遮住了身子，挑柴的主人继续走在大马路上，往往他要把柴送到家里了，那些牛儿们也就在小溪的那一头上到路面，各自进了各自的牛圈。

我家的牛不是水牛，是一大一小母子两头黄牛，父亲说我家的田在很远的高山上，水牛太大块头了，走不了山路，也离不得水。我跑过去用手摸了摸我家大黄牛的背，说了声"回家"，便

和弟弟在妈妈“回家吃饭啰！”的呼唤声中，跟在一大一小黄牛的身后回到家去。

……

不知怎么，一记起家门口的小溪，牛儿列队走在小溪中的情景，我的情绪立即放松了下来，迷迷糊糊中，人也睡着了。

早上醒来，记起半夜的情景，心里不由怅然。记忆中的我，早已由当年不知事的孩儿长成年过半百的人了。出门在外，每年回乡一次，此刻想来，竟然有好些年看不到水牛和黄牛了。老家的小溪也早已不见踪影，取而代之的是拓宽的水泥马路，以及马路边拔地而起的小洋楼。

今年秋季回了趟家。本应是收获的季节，在家门口走了好长一段路，竟然见不到一块稻田，也见不到一座吊脚楼。看到一个七十来岁的本家叔叔，用编织袋装了两袋新打的稻谷来到我家门前水泥地上，说是刚从田里收割的，不多，总共才八十多斤，没地方晒，放我家门前来晒。年迈的父亲上前帮忙，母亲也上前唠着，只听得说是今年硬撑着种了两块田，现在到了收割时节，每天自己扛了打谷桶去打稻谷，一天打了个百来斤，估摸打个一周左右。

“老嫂子，我个人吃的饭够了。”那个叔叔和我母亲说着。

我在一旁只听不说话，等人走了，我便问我父亲。父亲说，年轻的不愿种田，都出去打工了，留下的都是老人小孩。“有一些年轻的在家里，也看不起种田。”父亲说。

我问父亲，那这个叔叔种田，牛从哪里来？秧苗从哪里来？父亲说，到十几里外的另一个村借的牛来犁田，秧苗是花钱买的。

昨夜幸好想到黄牛回家就睡着了。如果想到后面，估计也睡不着了。

（写于2023年1月2日）

又坐乡下客班车

我回湘西老家看望父母。到了县城正逢上班时间，不想惊动亲人朋友，决定坐客班车回乡。

来到县城西区车站，看到多辆班车排列，正找寻开往娘家的班车，一个着浅色体恤长相周正的中年男子走过来："胜香姐，你回家来了啊！"对方喊得出我的名字，我顿感亲切。我寒暄着赶紧上车找了处座位坐下来。车开动后，男子走来一一买票，他手里捏了一大沓散钱，还拿了块二维码小牌子。我身上只有一张百元人民币，正担心他怕麻烦不肯找散钱，一见到二维码，我就放心了。中年男子却笑着不肯收我的钱，说："姐，好久没回来一趟，坐我的车好难得。"我坚持再三，对方还是不肯收，我很过意不去，一路转动脑筋却始终记不起对方姓甚名谁。

从县城到娘家，大约 35 公里。记忆中第一次坐班车，是读初一时去县城参加语文竞赛。竞赛是很开心的事，但坐车对我来说却是无比痛苦的事情。汽油的刺激味，山间公路的颠簸，让我这个大山深处原生态长大的，当时营养不良、体质瘦弱的女孩子吐得胃水都出来了，人软得如同一根小草。从此，我对这乡间最早出现的现代化交通工具望而生畏。

我上高中是在县城。提到要坐班车，我每次都是头一天夜晚就开始晕车，饭也吃不下。父亲只好去求助邻家有单车的侄子，让我坐了自行车赶赴七十多里的求学路。有一年，半学期过去，我想家心切，因为没有路费，也因为晕车，和三个同学硬是踏雪走路回家，次日又挑了要交给学校的大米和烤火的木炭步行返回。我终因过度劳累，生病住进了医院。

大学毕业后我在县城工作，单位公务活动有小车坐。老百姓对坐小车的人羡慕有加，我却依然坐车必晕，闻不得汽油味。一次雨天，我们要到市里出差，我选择了坐火车，领导却硬是命令我退掉火车票改坐单位小车，理由是："没有火车去的地方难道就不去工作了吗？必须练出来！"风雨中，坐在小车上的我肚子里翻江倒海，呕吐不止，不管窗外风雨正浓，我打开窗户，把脑袋伸出窗外，很快，雨水肆虐着我脸和头发，我任由雨打风吹，坐在后排的同事只好在车里撑起了雨伞……

后来，我在上山下乡调研工作中，度过了好长一段上车就呕、下车敢吃、吃了再呕、呕了也坚持工作的日子，但终于，即使山路弯弯我也不再晕车。

坐班车发生了很多故事。有一回，在回家班车上，一位帅气的军人喊我一声，原来是我乡下一起读初中的老同学回乡探亲，虽是在部队当军官，但老同学非常低调，回到家乡来不惊动地方领导，选择了坐班车回家。

另有一回，在回家班车上，巧遇一个小学时的同学，同龄人，同学嫁到乡间生有两女一男，已做婆婆好些年。二人相见，一时间仿佛回到了童年少年，谈笑风生，一段路后同学下车，我们只能带着祝福分别而去。

现今下乡的客车很多，今天客车上的乘客不是很多。我靠窗而坐，可以看到无比美好的乡间风光，青山、稻田、乡间马路上民族特色的车站，无不令人喜爱十分。

一路贪婪呼吸新鲜空气，欣赏青山绿水美景，再拐过一道弯，就可见到家门口的风雨桥了。

自然，我今天没有晕车。

（原载于2023年6月2日《中山日报》，收录时有修改）

世象

一碗菜汤洒了之后

友人说了两件亲身经历的事，略有感慨，便记了下来。

（一）

欧式高高的帷幔，软软的沙发，清幽的环境，稀少的客人。轻柔的音乐声中，着装齐整的服务员静静立在一旁。他带她来到这处城市新建的西餐厅，透过高脚玻璃杯中热茶温馨的热气和柔和的灯光，相对而坐，二人可以朦胧地看到对方的笑脸。

她满怀喜悦地跟他说着一件刚经历的事情，她是那么热切地想把自己知道的事情都告诉他，他静静地微笑地听着、看着她。

服务员端来一份招牌双人份牛扒，看到餐台有些拥挤，她伸出手去，想把面前的餐具往自己跟前移移，让牛扒尽量往他那面放下。

“啪！”一碗已盛好的果蔬杂菜汤，因她拉动餐巾时不小心摔到了桌下，汤碗从她大腿上弹跳了一下，落到地面，她一看，碗没碎，但果蔬和汤汁落在了她的裤腿上和沙发上。

那一瞬间，她有些懵了，有一份尴尬，有一份不安。她赶紧拿过桌上的纸巾，擦拭裤腿上的汤汁和沙发上的汤汁。

坐在对面的他没有作声。站在旁边的两位服务员迅速走过来，一位对另一位说“快去拿扫把”，自己蹲下去把掉在地上的碗捡起来，之后就说“我给您换张沙发”。

沙发换了，地上扫干净了。她用纸巾轻轻地擦拭自己的大腿和裤子，抬头看着他说：“对不起，我刚才不小心。”

服务员终究没有问过她，也没有看过她，处理好地面后，继续站立在不远的旁边看着他们用餐。

他们开始用餐，她没有继续她刚才的话题，他也没有提及。他请服务员帮他们把牛扒给切成片，待服务员做完这一切走开后，他开始说话。

他说：“用餐的时候，服务员最懂得怎么做，不用你去帮他们。即使桌面不够摆餐具了，也不用你来操心，这是他们应该做的事。”

“是，我明白了。”她停下刀叉，右手又开始轻轻擦拭被菜汤打湿的大腿。

“与你一起吃饭多次，好几回见你帮服务员的忙，这不是讲礼貌的问题，这根本就不需要。”他继续说。

“是，我清楚了。”她说，咬着嘴唇，睁大眼睛，她应着。她感觉眼睛有点儿湿润。

“趁热，您吃块牛扒吧。”她说。

“劝菜也是一种不好的行为。”他说。

她尴尬地说：“哦，不好意思。”

“你劝菜，你又不知别人喜不喜欢吃。”他说。

“我在美国，参加宴席，主人都是把酒放在一旁，你如果想喝，就自己去取杯倒来喝。更加不会劝菜。”他说。

她咬住嘴唇，礼貌地应着，不知该说什么好，就慢慢地吃着一点一点。

不知过了多久，他突然说：“你要吃哦，要不，牛扒就凉了。嗯，这一块给你。”

她勉强笑笑，双手伸过盘子礼貌地接住。

（二）

他请她和一些朋友们去一处农庄吃特色餐。在二楼就座，推开窗，可以看到主人种植的一片绿油油的蔬菜，空气不错，吃着美味，大家情绪高涨。中间是火锅，四围是炒菜，因为担心远处的人够不着，她好心地把自己跟前的一个炒菜端起来，准备递给坐在对面的人们，没想到，因为碗边太烫，她拿不稳，一些菜汤洒在了她的大腿上。

他和她隔了两个位，却一下子站了起来，飞快地过来看她有没有被烫着，并喊了声：“服务员，请拿条湿的毛巾来！”大家也纷纷关心起来，不远处的服务员一见，立刻过来，用一条毛巾帮她擦拭菜汤，一边连连道歉。

她很不好意思，抱歉地说：“不好意思啊，都怪我毛手毛脚地。”

“嗨，没什么关系，没烫着就好。”大家安慰着她，见她没事，大家就又边吃边谈笑了。

我这位友人年纪不小了，以前，因为工作需要，她也参加过多次工作礼仪培训，其中就有吃饭劝菜等内容。只是多年来，这些礼仪并非人人都懂，也非人人都遵照着去做，自己也就并不是处处“按规行事”了，没想到，却惹来如此的尴尬。

不过，她懂得，西餐厅的那位伙伴也是为了她好，说的也在理，那么，再受一次培训又何妨呢？

（写于2016年10月22日）

一头长发为了谁

她刚从内地调过来走进这座大院工作的时候，凡是见过她的人，都会为她的头发惊一下。

从内地过来的时候，她舍弃了很多东西，加之工作忙，南方天气热，一同从内地过来的同伴都将头发剪短了，她却没有剪掉这一头家人都喜爱的长发。

她的头发太与众不同了。她的周围，每天走来走去的女性，或是满头曲里拐弯的卷发，或是剪得参差不齐后人工拉直；或是染成黄色、褚色、红色，或是各种颜色掺杂。总体来说，就是每一位女性的头发都是理发师精湛手艺与各种化学原料的结合品，仿佛只有这样，才能与这座现代化的机关大楼相配，才能与当地发达的经济、富裕的生活水平吻合。反过来，在人们看来，是她的头发与这种现代化的工作生活环境太不协调。

她的头发有点长，长到腰际以下；有点多，散开了可以铺满一背；有点直，仔细看可以看得出一道道直的线条；有点黑，总是散出一片幽幽的亮光。

看着她这一头不洋气、纯生态的头发，有人想：也许是内地很穷吧，因为做一个头发不简单，洗、剪、吹、烫、染、焗一个系列下来少则几百，多则上千，加之，经常性的护理，是笔不小的开支。又有人想：是保守吧，内地人见识少，纷纷跑南方来打工长见识。

她不理会人们的猜测与成见，在这个充满现代化气息的环境里安静地工作着。每天，她把长发束成一把，显得那么的不张扬，一如她的为人；有时，她也会把长发盘起在脑后，只别上一支精致的簪子，立时显出一种端庄、冷傲的气质来。

她的职业属于安安静静、令人羡慕的那种，是坐在办公室从事文书写作。她利用电脑中获得大量信息，然后处理这些信息。有时也依靠电话与相关部门取得联系，开展一些调研。现代化的办公条件，使她足不出户，却也能够知晓天下事，感受到她所在区域经济社会的种种变化。这样，不懂方言的她也能每天坐在电脑桌前不停地敲打键盘，敲出一篇篇文字来。在上司的肯定与间或的批评中，她的工作取得了一定成绩，周围的同事，习惯了她默默的长发。

下班的路上，骑着女式摩托车的她有时会放开一头长发，随风飞扬。这种时候，耳边总能收集到一些“哇，好漂亮的长头发！”之类的惊叹，这时，一天的疲惫总能消去一半，换来一份难得的好心情。

周末的时候，在家洗了头发，带上年幼的女儿去商场采购一些生活用品。女儿的头发比妈妈的更黑、更亮、更多，垂到了屁股下。这一对母女，一路吸引着人们惊奇、羡慕的目光，心情愉快地走着自己的路。

在家里，地上总是掉着永远也收拾不完的长发，即使是一根也都醒目地躺在地上，她便总是充满歉意。她的丈夫，也是她的朋友、她的爱人，总是蹲下身去捡拾那一根根掉在地上的头发，

从来都没有过怨言。只洗不做头发，理发店是不欢迎她的，洗她一头长发，服务员可以洗别人两个脑袋。因此，她都是在家里洗头发，只要有时间，她的丈夫总会帮她用电吹风吹干头发。她的丈夫说过，最喜欢她的一头长发。

也许是遗传，她与姐姐都和母亲一样，有一头又长又密的头发，母亲和姐姐总会用一把木梳子给她梳两条又长又粗的辫子。离开老家多年了，她还是经常想起家乡，想起母亲、姐姐。这时，思念便和她的长发一样，又多、又密、又长！

（写于2016年3月13日）

夜半闲事

宁静的夜晚，出租屋窗外不远处朦胧的群山似乎也已安然入眠。

熄灯，拉窗帘，正准备睡觉，突然间见到对面山上有火。

是的，有火！

手机显示：23：51。这个时间、这种地点起火，什么原因？我瞪大眼睛，注视着那一团火，确实是火，时有火苗腾空而起，一股巨大的朦胧白烟升腾而去。

也许是有老百姓信迷信在烧香纸吧？我在想。

可是不像。

我无法确定那是山坡起火，还是人家住宅起火，但总归是火，而且不小。

我观察思考了约一分钟。

之所以犹豫，是因为夜半打别人的电话，属极不道德之举；况且火情如何我也不明，担心别人说我小题大做。但对面的火，终让我顾不了许多。我打了第一个电话——给此辖区的第一责任人李生打了电话。电话响了很久才有人接听。简单讲述情况后，我问是否要报119，李生说由他处理。我松了口气。

我“不道德”地打了第二个电话：通知附近政府值班领导。

我“不道德”地打了第三个电话，将房东老板娘阿瑜叫醒，她对这一带很熟悉，是山是房是谁住在那，她知道。结果她一看，明确了是有火，她赶紧通知人去了。

十五分钟后，对面的火好像小了不少。李生按我说的线路，也来到了我住所的楼下。

李生说：“看不见有火。”

我说：“我是在三楼才看得见。”

李生：“我上来看看。”

等李生上到三楼来看，咦，对面没火了，只有一处有手电的光。

李生嗓门一下子大了：“哪有什么火？！”

我：“真的有火啊，阿瑜都看见了啊！”

李生开始给人（应该是领导）打电话：“哪有什么火啊？什么都没有！”

我一时无语。

李生下楼去了，这时我看见，对面又有火了！

我赶紧对着楼下的李生喊：“不对啊，又见到火了！”

李生却懒得理我了。

我悻悻地躺到床上，不想再看对面山一眼。

真是的，没火我瞎起哄啊？我没事瞎操心啊？凭什么就不信人呢？要不这么折腾，我可能都睡着了哩！

但心里还是祈祷，别真的有什么事，只要人平安，就算是李生他们不相信也没关系。

想着，迷迷糊糊睡了。

电话惊醒了我，一看 00：53，李生打来的。

“不到现场我也睡不安心，所以我去了现场。”李生说，“是真的起火了！有一个百姓晚上睡不着，想到白天砍了不少杂草堆在一块，他就去放火烧了。”

李生继续说：“我们现在已经用水龙头放水淋灭了火，你放心！”

我说：“不好意思耽误您的休息啊！”

我怎么会说出这么一句话呢？

我想着，终于沉沉睡去。

（写于2015年7月29日）

请打转向灯

下班回家途中，车流如织。

我的车正常行驶在三车道的中间车道，左边快车道的小车也在慢慢前行。突然，左边并行的一台小车向我行驶的中间车道挤过来，后排车座上一个两岁左右的小孩从开着的车窗里露出半个脑袋，见状，我赶紧放慢车速，准备让他进到中间车道来。我后面的小车拼命按着喇叭，对我减速让道表示不满。左边小车虽拼命朝前挤，却并不开到中间车道来，只是不偏不倚压线而行，我跟随了一段时间，只好正常朝前开去，三台车可谓“并驾齐驱”。

我看这台小车和我的车越来越近，越来越危险，便摇下车窗向对方喊道：“请打转向灯！你是想向左还是向右啊？”

对方对我喊道：“我不打转向灯，你想怎么地？！”

我望了眼对方车上后排坐着的小朋友，对着对方大声说：

“兄弟，我不想怎么地，我只想大家都平安！”

（写于2016年11月18日）

城里栽树

城里栽树和山里栽树不一样，这是我后来才知道的。

周三下午，政府中层以上人员去“植树造林”。听到消息，我着实高兴了一阵子。周围有几个同事因身体不适、工作繁忙、没带运动鞋等多种原因，跟组织单位请了假，有一个好心人对我没有请假表示了同情，劝我也请假算了。

我是不用请假的，因为我本身就想去，一是走进大自然比坐办公室好，二是种树对保护环境有好处，三是锻炼了筋骨。有这些好处，为什么不去？

跟随政府大巴车后面，我自己开了车去，想着出了一身汗后就直接回家。

车上了国道，几公里后右拐，在一条新街旁停下，这就算到了栽树的地方了。笔直的大街两旁，停了不少车辆，

下了车，我心里有点不甘。这也叫栽树啊？只见平整的人行道地砖上，一米半见方的树坑内，已栽有一棵小饭碗口粗的树，坑内已填了大半坑的土石，树坑旁边，堆了一堆泥土，放了三两把石锨，我们只需将这旁边的泥土往坑里填埋就行了。

放眼望去，一条街两旁全是这样的“半成品”树坑。

我就近拿了把石锨，独自一人朝一个树坑里填土，旁边有

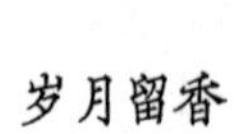

四五个中年男子在围着一棵树填着土。

这也太简单了，就算穿了高跟鞋，估计也没问题。我边想着，边用力填土。

我才铲了不多久，看见旁边四五人已解散，那几个人说："他们会来弄的，留给他们啦。"我不明白这个"他们"是指什么人，但等我再抬头，发现那群人中只剩下一个人了。

那个人走过来，加入我这棵树。我觉得这位穿着讲究的劳动者应该年过五十了，但他大铲大铲地撮着土，比我还认真哩。

身体开始出汗，抬头看到那边大巴车已开始启动，领导们要走了。大巴车一走，有人开始走向小车，然后，一台台小车启动，离开。

我向穿着讲究的劳动者说："我不知您贵姓？是哪个单位的？我们把旁边这棵也栽完，好吗？"

对方笑了笑告诉我，他是城建线的，姓王。

于是，我们继续栽第二棵。看样子对方也是劳动人民出身哦。

我们总共栽了三棵树，准确地说，是填了三处"半个树坑"。等我们直起腰，小车已只剩下不到三辆了。

想起以前在老家植树造林，不由得感慨起来。那时，我们是政府大院全体工作人员参加，人员遍布几座大山坡面，边烧边砍，边挖边栽。一天扎扎实实地挖坡栽树，手会磨起血泡，鞋子全被黄泥巴粘住。那种艰辛，非经历者不能体会。

当然，时代不同了，地方情况也不一样，老家是山城，这里是海滨平原。现在植树，植的是景观树，需要的是相应科学的栽培，只要求政府机关中层以上人员参加，也许本身就只是起一个导向和示范作用吧。

我走向我的车，准备离开。这时，我看见，一台洒水车驶来，上面有好些个工人。他们跳下车，一个一个树坑开始“查漏补缺”，去填完那些我们没有填完土的地方。

我这才明白，“他们会来弄的，留给他们啦”，这些人们就是“他们”。

（写于2015年3月12日）

凌晨三点你在做什么

凌晨三点，走出病房，外科护士站两个护士正在低头写什么，另有两个护士从监护室走出来，到护士站取了东西又走了。

有一个护士发现了我，说，有事？

我说，没有。

那就去睡觉。护士说。

我姐手术了，我在护理。我说。

你们一直在忙，很辛苦。我说，值夜班了，明天你们睡觉吗？

睡啊。护士说。

是睡整个白天吗？

能睡几个小时就行了。

我熬了两个夜，感觉很疲惫，有了大眼袋。

你们真不容易。我说。

我们习惯了。护士一直不停地在写，一个走开，我看到进了病房。我想了解一下护士的生活，可她们连跟我说话的时间都没有。

凌晨三点，有一个师傅推了车来送桶装水，我数了数，共有十桶，一间房送一桶，我帮助他把我们病房的空桶取下，房间有

个病人家属说了句，我们晚上十点就没水喝了。

送水师傅说，对不起。

我说，谢谢你！

凌晨三点，传来啪啪啪的声音，我知道，那是病人家属在给手术后病人拍打后背催吐痰液的拍背声。

凌晨三点，我看见一个年轻人拿了手机守护在一张病床前；我看见走廊上有几张简易床，有人睡在里面，有张床露出一个花格子帽子，床前是双运动鞋。

凌晨三点，我还在守护亲人，看着输液管，和其他管，还有亲人苍白的脸。

凌晨三点，你是不是已经睡着了？如果是，那么，你是健康的，还是幸福的。

（写于2018年3月23日）

叛　　逆

上高一的儿子对父亲说："周六上午上完课后，我怎么回家？"

父亲说："我开车来学校接你？"

儿子："专门来接我，浪费汽油不划算。"

父亲："那你就坐公交车回来吧？"

儿子："公交车要停那么多站，路上要一个多小时，太费时间了。"

父亲："那你坐高铁？"

儿子："从学校去轻轨站得打的士，轻轨站到了也还得坐车，麻烦。"

父亲："那你直接打个的士或是快车回家得了。"

儿子："花那笔冤枉钱你还不如给我花哩！"

父亲："那，要不你坐你同学家的顺风车回来？"

儿子："我可不想低三下气求别人。"

父亲："那你说，你想怎么个回家法？"

儿子："我不是不知道才问你的嘛！"

父亲所有的方案都被儿子否定了，父亲和儿子都气呼呼的。

多年后，儿子长大了，对父亲说："当年，周六上午上完课后，其实我可以这样回家。”

父亲说：“我开车来学校接你？”

儿子：“好啊！我们父子俩正好可以说说知己话。”

父亲：“你坐公交车回来？”

儿子：“行啊！公交车要停那么多站，路上要一个多小时，刚好可以看看这座城市的风景。”

父亲：“要不你坐高铁？”

儿子：“可以啊！坐轻轨车回家，可以感受一下现代化服务。”

父亲：“你也可以打个的士或是快车回家。”

儿子：“对啊！也可以和出租车司机聊聊，了解一下社会。”

父亲：“要不你坐你同学家的顺风车回来？”

儿子：“不错，刚好可以增进同学间的感情。”

父亲：“儿子你说，你想怎么个回家法？”

儿子：“每种方式都行，只要能回到家。”

（写于 2019 年 9 月 25 日）

见面交谈

见面交谈，可以帮你解决很多问题，亲人之间如此，同事之间也是这样。

首先是“见面”。见面了，可以看到相互间真诚的表情、神态，可以很自如地表达，增强谈话的效果。

其次才是“交谈”。交谈不是发短信，也不是网上留言，交谈如水，水能流向可以流的地方，交谈能谈到每一个需要顾及的细节。

交谈吧，见面交谈吧！也许一个“吗”“啊”之类的语气词，也许一个注视、微笑的表情都能告诉对方，你在重视他（她），你在需要他（她），你在尊重他（她）。

很多事情见面谈效果会更好，不见面的现代高科技的交谈方式，比如微信、邮件、短信等，就如树干，虽然主要意见在那里，但没有了树叶，就像是没有了血肉，只剩下光光的骨架，有时不仅膈应人，还让人瘆得慌。

（写于 2011 年 8 月 16 日）

在家里请人吃饭

请人吃饭是常情。

请人到家里吃饭现在则少有。一方面，人们越来越注重保护自己的隐私，请人到家里吃饭，房子的大小，家里的布局摆设，大致透露出这家人的经济水平；而家里是不是整洁、讲究，又透露出主人是不是勤快之人，及主人品位如何。另一方面，现在的工作节奏紧张，人们工作压力较大，业余时间已是少而十分宝贵，请人到家里吃饭，从市场采购、家里烹调到享用完毕、收拾停当，一路下来，劳心劳力，费时费心。更重要的一点则是，家是情感密闭空间，在家里对面而坐，一定是话语可随意而热情，非亲密之人，若相对而坐，话语生疏客套，也就失去了情感上的意义。

正因为如此，除非至亲之人，人们很少把外人请到家里吃饭。而愿意花钱到外面请吃饭，即使价钱贵了些，路途远了些，但心里没有那么累，可谓花钱买干脆、花钱买洒脱。

也正因为如此，如果，有人为了你，专门做了饭菜，请你到他（她）家里去一起享用，那么，你一定要好好珍惜！因为，在对方的心中，你已经占有很重要的位置！

（写于2016年9月29日）

呼吁“40 秒的问候”

日前，读到一则故事：

美国重症监护医生斯蒂芬·特恰克，工作 20 多年后进入了职业倦怠期。诊断过程中，他很少和病人深入交流，甚至不愿意多说一句话。有一次，接诊一名瘦骨嶙峋、异常痛苦的胃癌晚期患者，特恰克只是低头做着常规提问和记录，猛一抬头，发现患者紧闭着双唇，满眼含泪，特恰克的心瞬间被刺痛了。他忙伸出双手，紧握着患者的手，开始关切的问候，没想到仅仅 40 秒的问候，让患者的脸上浮现出了笑容，情绪大为改善。这件事让特恰克深受震动。对重症监护室的医生来说，疼痛和死亡每时每刻都在发生，但对患者和家属来说，却是人生最糟糕、最难过的时期。为此，特恰克开始在科室推行“问候病人”这一举措。最终形成“40 秒的问候”——“我会一直陪着你”“我会和你一起经历”“每一个治疗阶段我都不会放弃你”……

仅仅 40 秒的问候，在医生和患者之间搭起一座情感桥梁，既有效降低了患者的焦虑水平，给患者带来精神安慰，对治疗效果产生了积极的影响。同时，同情心的表达在一定程度上缓解了医生的职业倦怠感，提高了医生身心的抗压能力。

这“40 秒的问候”如此宝贵。行医如此，推而广之，其他日常工作生活，何尝不是如此。

前不久，我单位来了一名手臂上了夹板的中年上访群众，巧的是对应他要办理业务的工作人员休假不在办公室，于是在场的其他同事转告他改天再来。这位群众听不进解释，一时带了火气，说有这么多人都不帮他做事，他要到上级部门去投诉。他的大声喧哗，影响了同事们的正常工作。当时我走近他，递给他一瓶矿泉水，请他坐下慢慢说。我问他："您从哪里来？""您是坐车来？还是自己开车来？""您自己开车来，手有伤，要小心啊。""天气炎热请先喝口水再说问题。"做过这些询问之后，来访者已经没有了怒气，我再问"您要办的事情是什么？""您把号码留给我们，等休假的同事回来了我们立即联系您。"不到一分钟的问候，来访者脸上已经是轻松的表情："就算今天办不成事，我改天来，心里也舒服了。"他是带着笑容离开办公室的。随后第二天我提醒休假归来的同事主动联系了他并为他办好了事。

在政府机关干部每周二下村接访群众工作中，我也曾经遇到有来访群众火气冲冲走进村委会的情景。这些来访的群众，有的诉求涉及历史原因，短时间内往往难以解决到位，这时候，大讲道理是没用的，有时还可能激化问题。我曾经试过，先接近他们，真诚地问候："您住在村里哪个小组？家里有些什么人？""老人家身体还好吗？""您今天要反映的情况是怎么样的？""我们驻村干部和村两委干部会尽力来帮助您解决这个问题。"在群众工作中，和群众聊家常，问问家中老小，群众一般不会反感，交谈一小会儿，往往就能较好地淡化他们来上访时的焦虑情绪。"40 秒的问候"过后，接下来，我们再耐心倾听群众

的诉说，这时候，离我们帮助群众解决诉求就又走近了一步。

美国医学博士特鲁多墓志铭上写道：“有时，去治愈；常常，去帮助，总是，去安慰。”这里的“安慰”很多时候就是“40的秒问候”。《病患的意义》的作者图姆斯曾有一句名言：“大夫，你只是在观察，而我在体验。”作为医生，不是所有的病都可以治愈，这是无可奈何之事；但可以去“帮助”和“安慰”。治疗意味着治病，它更重要的在于体恤和减轻患者痛苦，提高患者生命质量。

基于同样的道理，政府机关工作人员在为人民群众服务时，也许不是所有的群众诉求，我们都能解决，但我们可以去了解、体恤和关心。只有关心、体谅群众，才能减轻群众痛苦，赢得群众的理解和信任。为群众解决问题固然重要，而更重要的在于对群众本身的关心以及换位思考，只有这样才能提高群众生活质量。

天下的事情，治病、治人、治社会、治国家，归结起来，核心就是人文关怀。我们呼吁“40秒的问候”，工作中只要尽量给群众多一份关爱的眼神、多一分钟的聆听、多一两句简单的叮嘱，就一定能让群众少一份焦虑，多一份信任和踏实；就一定能让我们的社会少一份浮躁，多一份和谐和幸福。

（原载于2019年7月16日《中山日报》，收录时有修改）

从没想到我的办公电话成了热线

到防控指挥部交材料回来，刚走进办公室，就听到疫情防控热线电话铃声急促地响起。坐在电话机前的同事阿芳，拿起话筒，一如既往地用非常清晰柔和的语调接听电话："喂，雷喉，请问有乜可帮到雷？"

稍过片刻，就听她转换成标准的普通话："喂，您好！请问有什么可以帮到您？"

我在一旁立住，就见阿芳慢慢皱紧眉头，但依然很温和地说："目前疫情防控还是在关键期，还没有关于理发店开工的规定。是的，您要交店租，我也理解您的难处。请您跟房东再好好沟通一下，我这边一有这方面的政策，第一时间通知到您，您看好吗？您是明理人，懂得这时不开工是为了您和家人的健康，非常感谢，祝您安康！"

从来没有想到，有一天，我的办公电话会成为热线电话，而与我同室的同事阿芳，成为本辖区上班时间唯一的热线电话接听员。

翻看阿芳做的《新冠疫情防控咨询热线登记处理表》，从设立疫情防控热线电话那天起到现在，不到 40 天的时间，除了午休时段由同事轮值，阿芳在上班时间足足接听了 850 多个热线

电话。

1月28日，多个市民来电询问：“我在外面买不到口罩，政府可有分发？”

2月8日，多家企业来电：“我的企业想要复工，怎么办？”

2月22日，某企业人事主管来电：“一名女员工，因害怕疫情，担心到生了心病，自言自语，无法与人正常沟通，厂企该怎么办？”

2月29日，“我从湖南（广西、湖北……）返回中山，是否需要隔离？”

3月1日，“查行踪轨迹的二维码从哪里获取？”

3月2日，“我要到厂里上班，要到哪里办通行证和健康卡？”

……

电话背后，是数百名无助、焦虑、恐慌、埋怨或急切盼望得到指引的市民朋友以及他们的家人。

热线电话，贯穿了疫情防控的全过程；热线电话，也折射出随着疫情的变化特别是复工复产的到来每项政策不断完善的过程。回复这些电话，需要即时了解疫情防控各方面的工作指引、防控政策，需要坚持原则客观明确地回答群众，而更需要的是，设身处地、换位思考、共情交流。

现在的每一天，阿芳依然用心地接听每一个来电。从没见她生过一次气，发过一次火。

疫情防控经过了最为艰难的时段，但依然不可麻痹轻心。我们相信，一部热线电话，是政府与百姓之间沟通的桥梁，是政府

给予百姓人文关怀的重要渠道，更是打赢疫情阻击战不可或缺的力量。

（原载于2020年3月9日《南方周末》，收录时有修改）

旧衣之恋：我们该“舍”些什么？

周末，多年老友邀约到家相聚。去到时，友人正在做家务，准确地说，正在清理衣物。她说看到家里东西太多太乱，心里感觉沉甸甸的，很想来个“断舍离”，却又拿不准该“舍”些什么，邀我帮她一起拿拿主意。

走进衣帽间，拉开衣柜门，只见一格格，一层层，琳琅满目都是衣服。有人说，女人的衣柜里永远缺少一件最美的衣服。这话没错，虽然衣服多多，老友说每次出门却总是犹豫不决，不知穿哪件合适。她说想起少年时候，家里贫困，总共就只有那么两件衣服换洗，那时的烦恼是少衣穿，现在的烦恼是衣服太多不知穿哪件。

老友通过多年打拼，早已在南方过上高品质生活，自然可以定期更换和购买适合她的年龄、身材、气质的高档服装穿，把旧的、过时的衣服丢掉。可是，面对满满的衣橱，她下不了决心。

我指着一件我“认识多年”的衣服说：“这件可以舍掉了。”

她立即说：“不行，这是我大学毕业后用第一个月工资买的，有纪念意义。”

我指着一条花连衣裙说：“这条裙子我见你穿上有点紧了。”

她说：“我好喜欢这条裙子的花色款式，等我减肥了还可以穿。”

我指着一件灰暗的冬大衣说：“这件大衣从来没见你穿出门过，已经好几年了吧？”

她说：“这件衣服穿了不好看，但它花了好几千块钱，丢了好可惜！”

过了好一段时间，友人还是没能选出要“舍掉”的衣服。

看着年过五旬的老友，我其实明白她“舍不得”的原因：我们这个年代的人，大多自小吃过贫困之苦，骨子里头节俭的意识根深蒂固；人到中年，大多身材发福，青春一去不复返，却仍旧有着回归之前曼妙身材的期盼；经历许多，每件衣服也许有着一段历史故事，重情之人还有着一份保存记忆的美好愿望。

我劝说老友，现在生活好有条件了，不用苦着自己一件衣服穿十年八年的，即使再贵，衣服留着不穿也是浪费；即或减肥后身材恢复了原样，衣服却已穿不出原来的美丽，只是显得旧而不合时宜，不合当下审美；即使衣服寄托了一段美好的感情，但物是人非，徒留遗憾，徒占空间，徒然添堵，还不如干脆果断，舍掉不必要的牵挂，轻装上阵。

老友稍作沉默，开始艰难的清理。

其实，人生中的“断舍离”与老友舍旧衣服何尝不是同一道理？

身边另一位友人，是一位业余写作者。她每天上班忙碌于单位公务，下了班还有老人孩子要照顾。可就是这样一个体制内的工作人员，近几年来她每年都有四五十万字的作品产出。有人以为她有什么秘诀，她告诉我说：“我哪有什么秘诀，我是把别人刷手机、出游、聚会的时间用了起来。”她告诉我，虽然她也想

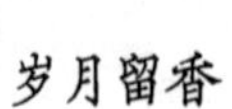

交朋结友，她也想游玩放松，但为了写作，她只能“断舍离”。近五年来，她几乎拒绝了所有的外出应酬，也没有一趟远门出游，下了班回家料理好老小后，就关门写作，每天多则上千字，少则几百字，如此每天坚持，才有了每年数十万字的成果。

现实生活中，人们往往因为执着于太多的过往，执着于事业中的名与利，执着于日常中的得与失，而身心疲惫，烦扰不堪。其实，一棵树，必先修剪旁枝末节，集中供应营养，方得硕果累累。人生在世，也只有及时“舍”掉不合时宜的旧衣服，去掉心头各种累赘，轻装上阵，方能有利于专注，有利于创新；方能获取更多追求的空间，收获人生更多的快乐。

（原载于2021年12月18日《南方周末》，收录时有修改）

配一口假牙只需两小时？警惕对乡村老人的诈骗

那天下午接到远方八旬父母的来电，两位老人争相向我“报喜”：妈妈上午刚配了一口假牙，好看，还能吃东西。

我立即一惊，慌忙三连问：在哪里配的——意在问是不是正规医疗机构配的；多少钱——意在质量好不好；什么时候配的——意在配牙时间有多长。

父母不肯离开老家跟儿女进城养老，我们做儿女的都有工作不能回家陪伴父母，这个矛盾一直没能解决。好在我们几乎每天都有跟父母电话沟通，能得知老人家日常一些基本情况。但昨天都没听说，今天怎么就配上了一口假牙？

总算听父亲说明了情况：原来，妈妈牙齿脱落了不少，门牙也掉了，想咀嚼点什么也没劲，加上近几天牙痛，今天逢乡里赶集，两个老人家上午去集市上，看到一个摆在马路边的牙医摊，就停了下来，两个穿白大褂的年轻男女热情地接待了两位老人。于是，不到两小时，妈妈就戴上了一口白白的假牙，两个老人很满意，也很兴奋，回到家第一时间就给我打了电话。

我听到父亲在电话那头说：“给你妈配这口牙总共花了 1800 块钱，也不多。”妈妈就争着说：“你爹后面还加了两百多，还是

很贵的。”

我在电话这头一听，只差没气晕，声音也大了起来，问：“不到两个小时就配了满口假牙？花了2000？你们认得那个医生吗？是正规医院的吗？有没有留下电话号码？”

父亲是听出了我的责怪的，只说了一声“忘记要他们的电话号码了”就不作声了。妈妈却还在电话那头说：“不认得，不像是我们乡医院的，他们很好说话的，说是下一场赶集还会来！”

我心里火气一下子上来了！不用想，我就知道老父母是被江湖骗子给骗了！我知道配假牙的基本常识，起码要清洁口腔、消炎，无论是活动假牙还是固定假牙，至少需要2～3次看诊，加上我老母亲有糖尿病、高血压、冠心病，这两个小时就配好的一口假牙，是什么材料？是什么工艺？钱就算了，可那材料是不是有毒，对妈妈身体有没有影响？我想一想就无比气愤和担心。

怕吓着老人家，我使劲深呼吸了一下，将担心和火气压了下来。钱已经花了，假牙已经配了，骗子已经走了，再怎么责怪也不起作用了。想着父母正高兴，妈妈能用这假牙吃点东西，张嘴说话也不漏风了，那就顺着老人好了，但道理还是要跟他们讲的。

于是我耐心地不知道第几次跟父母说道理：“我们牙痛和生病要去正规医院治疗和取药，就去乡医院也行，路边摊是骗人的，不要信了！”

善良的父母沉浸在新奇和喜悦中，并没有听进我的话。但没过两天，妈妈来电话说，一到吃饭，只要吃到热的东西，那假牙就不对劲，牙就痛。到了第二次赶集日，我催了父母去集市上找那对江湖骗子，我告诉父母只要找到人就立即电话我，但我并

不抱希望。果真，父母没有找到那两个人，第三场赶集也没有找到。

妈妈的牙痛越来越厉害，家姐赶回家接妈妈到县城医院牙科细诊，牙医对姐说："你妈妈一口假牙的材料费就不过几十块钱！"

妈妈第二次复诊看牙时我也赶了回家，和家姐一起带妈妈去县医院。这一次主要是取出劣质假牙。我和姐守护在手术床上的妈妈身旁，看到科班出身的牙医各种器械轮流上，年迈的母亲在器械操作下痛苦呻吟着，痛得满头大汗！我心如刀割，心里狠狠诅咒着那些丧失天良的不法骗子，一边跟牙医不停地说："轻点、轻点！"

妈妈被江湖骗子装一口假牙只花了不到两小时，但妈妈取出这口劣质假牙却需要多次去医院：要验血、测血压、做心电图，要消炎、取劣质假牙……至于后期配假牙，要取模、打样、制订、安装、调适，更是需要几个月时间。

这件事情，给我们做子女的很大警醒。虽然，我们平常也和父母每天保持联系，但我们仍然为做儿女的陪伴缺失而遗憾、难过。另一方面，也为乡间诈骗分子的凶险而气愤。原本，我们做子女的想着多给些零用钱给父母，让父母想吃就吃、想穿就穿、想用就用，但老人口袋里钱多了，也必然引起骗子的关注。这次如果父母口袋里没有2000块钱，就算是骗子想骗也骗不去。

我的父亲原本是一位教书先生，年轻时他教我们如何不受骗。如今，年事已高的他却也好几次被骗子欺骗。例如，去年我回家，父亲喜滋滋地告诉我他花1000来块钱买回一斤多所谓的天麻粉，我闻了闻根本就没有闻到天麻的气味。还有一回，骗子运用连环计骗乡里老人买丝棉被，老父亲也喜滋滋带回家一床，幸好在电话沟通中被我们做子女的发现不对劲及时阻止，才不至于受更大的骗，受更大的损失。

和父母亲聊天，感觉到人老了，辨别思维能力明显弱化。村东头有位老人花200来块买了双皮鞋，擦鞋油时才发现是厚纸皮做的鞋面，在村里被传为笑话。我在村里走了走，发现不少留守老人，他们善良一生，节俭一生，加上现在大家口袋里多少有了一些闲钱，各类骗子趁机而入，先是给些小甜头，引得老人奔走相告，于是三五成群上当受骗。

我和村干部聊天时说到老人受骗的事，村干部也很无奈。老人上当受骗体现在很多方面，如保健品、日用品、电器等；原因很多，听信花言巧语的，贪图便宜的，新鲜好奇的，都有。特别是留守老人，空虚寂寞，缺少儿女关爱，听得行骗的热情话语，很容易建立一种信任关系。往村的上级数，防止诈骗是多个部门的大工程，到了乡村一级，乡村干部事多而杂，就算发现受骗上当的，也顾不上一个一个去解决。预防诈骗的宣传虽然也有，但真正起作用的只怕还是要家人多劝导老人。

我理解村干部的苦衷。随着老龄化时代的到来，乡村老人也越来越多，老年群体的管理已比任何时候都更需要引起关注。近年来，乡村基层公共卫生服务关注老年人群体健康等乡村治理工作取得有目共睹的成效，预防老年人被骗也同样应该从明确主体、组建架构、广泛宣传、健全体制、完善管理等方面下功夫，毕竟，这是维护良好乡风、营造和谐社会十分重要的一个方面。

（原载于2023年7月9日《南方周末》，收录时有修改）

三个舞者

到新单位工作一年半，工作之余印象最深的，当是广场舞了。

我上班的地方与当地文化广场仅一堵矮墙之隔，每到夜晚八点，静坐办公室加班的我就会被震天的音乐惊得回过神来。起先，我还以为是上个世纪的“迪斯科”音乐重返了，后来一天，走出政府大院后门一看，才知那里灯火通明，打篮球排球的、青年小孩溜冰的、漫无目的散步的，还有一大片一大片跳舞的，一派热闹景象，完全颠覆了白天对这座小镇经济落后的印象。

我专门从网络上查阅过一些关于广场舞的知识，了解了一些最常见、流行最广的广场舞曲和舞蹈动作，如风靡全球的《小苹果》，以及国人尽知的《荷塘月色》舞曲，也看过不少广场舞既受大众喜爱、又遭不少人吐槽的新闻，但这事物既然存在，就一定有它的合理性。我也在一些小区、小公园看到过跳广场舞的情景，身边也有不少熟人朋友经常跳，但好像与我关系不大，也不能怎么影响我。

直到有一天，我遇到三个舞者。

那天夜晚偶尔路过文化广场，音乐声正起，跳舞的人们还没形成队伍，我突然头一热，就站了进去，反正前后左右的人我都不认识。开始跳了，是一支我从来没听过的曲子，领舞者是在数十米远的最前面，我看不到她的动作 ，于是我只能从我前后左右的人当中去学。但我很快发现，跳得好一些的，基本都排在了前面一二十排。像我一样排在后面的人们，他们的动作也不统一，因为大家都属于一群临时聚拢来的“乌合之众”吧，所以说动作是五花八门，我不由得咧嘴笑了起来。好在我能理出音乐的节拍，于是也就瞎跳起来，反正，我的目的就是活动身体而已。

但终因跳得太陌生，让我感觉有一些害羞起来。我偷偷地看着广场四围围观的人们，他们应该大多是外来务工人员，他们或三五成群坐在水泥花台上，或斜着身子站立着，他们应该是不会跳广场舞的人们，但他们就满足地看着一大群乱跳的人们，对于跳得不好的人群，他们没有要笑话的意思，光是看看别人跳，他们就显得那么惬意！自如！

于是，我放下羞涩，开始寻找学习的目标。

我发现了第一个特别的舞者——胖胖的男子！是的，他很胖，他穿的半截式的运动裤下露出两条肥胖的粗腿，一个大而圆的肚子让旁人看了替他着急和担心。可就是这样的一个男子，他跳起舞来手脚柔和、动作协调，配合音乐，他跳得是如此多情和专注。他忘我地跳着，全然不知有人——相信有不少观众在注视着他、欣赏着他。我听听音乐，看看他的动作节拍配合不错，于是我把他选作了我的老师，跟住他开始学一个个动作。

可是，舞蹈总会有旋转，当转到背后的时候，我就看不到胖子老师了，这时，我的注意力被另一个人吸引而去。

我注意到了第二个特别的舞者——优雅的老太。是的，是位老太太。当舞蹈动作要求我们转到背后的时候，老太太就刚好站

到了我前面，可即使是看背影，我也认定了她是一位优雅的老人。她单瘦的身材，个头不高，身上典雅的衣装和一丝不乱的头发告诉了人们她的讲究。跳舞的时候，左飘右移，双手该45度角的，她会和缓地舞到30度角就柔柔地打住；该伸出脚尖踮地或脚跟蹬地的，她轻抬腿或是朝前或是朝后，象征性地一点，女性的柔美尽显于那一举手一抬足中……

跳了一阵，我慢慢找到了一些感觉，但也只是出了一些微汗。这时却见右前方一个人倒是汗衫湿透，灯光下可见其衣衫尽贴后背了。

这是我注意到的第三名舞者——一个瘦削的男子。一看这位男子跳舞，我就乐得哈哈笑起来，前面的人回过头来看我，我一示意，结果看的人都笑了起来。这名男子跳舞用一个词语"卖力"来形容可谓特别恰当，他用力地做每一个动作，该脚尖踮地或脚后跟蹬地，他都是用力跺脚；该左飘右移45度角的，他却是向左向右大幅度地弯腰到90度角，他的舞蹈幅度大、响声大，他听到了我们的笑声，回复我们一个微笑后，继续大动作地跳着他的，真可谓自得其乐，乐陶陶啊！

跳罢一次广场舞，才知道，其魅力如此巨大。它吸引了无数的男女老少，既有平民大众，也有不少常人眼中的达人。不管旁观者怎样认为，广场舞它能使人放下身段、放松心情、投入运动是真。在当今物质生活水平不断上升的年代，它成为大众化精神享受的一个较为理想的平台。如果你对它有不同的看法，想说出不同的声音，请你一定一定先去跳一次广场舞。

（写于2015年8月2日）

我不生气

大清早起床，梳洗好，做好家人的早餐，准备早点上班去。

比平常出门早，心情不错。

下得楼来，去到车旁，一时不由得倒吸一口凉气：只见小车的后半部，东一块，西一团，到处是糊糊涂涂的白米粥，特别是后视窗，那些糨糊一样的粥仿佛印花一样。正吃惊，突然，啪啪两声，又有两团粥从天而降甩在车上，我抬头一看，四楼半开的窗户里，有一个小孩正端了碗，一调羹一调羹地往下甩着粥。我仰起头喊："小朋友，不要朝下丢东西！"

不知是没听到，还是怎么的，那小孩继续行动，车上，地上，不时出现白粥，有一团差点就掉在了我身上。想着之前一年来，也就是这个窗口总有烟头往下丢，我的小车上时不时地落有烟头，我的火气腾地上来了，我跑到保安室反映情况，一个保安慢吞吞地随我来到现场，看到小车上的情景后，他也很吃惊，连声说着"这太不像话了！"就和我一起到四楼邻居家交涉。

四楼门开着，一个小男孩开的门，却不见大人出现。我深呼吸一、二、三，才开口说："小朋友，你的爸妈呢？"

保安却忍不住了，一见到小孩就开始教育说"太不礼貌了""不要往下丢东西"等。

总算等到小孩妈妈出现了，想起之前的烟头之苦，想起我上班要迟到了，想起我那小车那么脏那么难看了，我不由得情绪激动，只是说着：“你最好下楼去看看我的车，我怎么开去上班？你家小朋友怎么可以从窗口丢米粥下去？”然后，激动得也说不出什么了。

小孩妈妈可能并不知道小孩子的行为，她向我说着对不起。

想到要上班，想着保安、邻居也已知情，我告诉自己，不要生气，便转身离去。

一阵折腾，时间已过去近半小时。此时去上班，正是人流车流高峰，也只好认了。

走古神公路，近年来，路上增加了多处红绿灯，从家里到单位共须经过 25 个红绿灯路口。

首个路口，是红灯。

第二个路口，迎接我的是红灯，四分钟后方通过。

第三个路口，我停在一台加长大货车后面，足有三分钟。

第四个路口，我看不到红绿灯，只看到一长串车静止不动。

第五个路口，老远见到是绿灯，等我赶到，红灯亮起。

看看时间，上班迟到是一定的了。我深呼吸，告诉自己说，不要生气。

后来，再到后来，过了古镇，进入横栏境内，进入大涌境内；过了江中大桥，再过拱北大桥，都是红灯迎接我。

我告诉自己，不要生气。借此机会就好好欣赏一下过路的人们，就好好欣赏一下路边的景色。

今天早上，25 个红绿灯路口，我的车都要停下来，因为，等待我的全是红灯。

这种全程红灯的几率，该是多么难得，又该让人多么生气！

有朋友电话进来，以为我在单位上班了。我说起自己此刻的遭遇，朋友也跟我说了一件他的遭遇。上月的某一天，经别人提醒，他才发现自己小车顶上行李架的两根杆，不知何时被人弄走了一边杆，配又不好配，现在只好就这么开着。朋友说："刚一看到，也是生气了，但也就十分钟吧。后来一想反正也不影响什么，不值得生气。"不由想起另一位友人告诉我说，有一天他的车停在正规停车场，等他办事回来发现，他的车前面被撞了，后面还被刮了，停车场还监控不到。面对这情景，无从处置。刚开始他也很生气，但一想，生气也不能解决问题，生气了就加重损失了，于是也就不生气了。

想象着友人开着车顶只有一根行李架的车出行，一定也是有点儿滑稽，我不由得笑了。不是笑他滑稽，而是他的大度，这让我的心宽容起来，让我的脸上绽放出笑容。

我不生气，尽量不生气，不要让别人的错误来惩罚自己。

"烦恼像婴儿，你越勤照养它越快长大。面对它，接受它，放下它，境由心转。人，在任何时候都应该冷静、平和，怨恨和生气是浮躁与无能的表现。保持冷静，不怨恨，不生气。"——友人转赠。

（写于 2017 年 7 月 20 日）

感谢来自楼上邻居的“噪音”

退休了，终于可以睡到自然醒了。退休前我一般是早上 6 点多起床，洗漱，做早餐，吃早餐，然后匆匆忙忙去上班。

出于习惯，还是早上六点半就醒了，起来到窗边看看，冬天的天空还没亮。打点好上班的家人出门，一看才 6 点 50，想想已经不用去上班了，就又非常满足地躺回温暖的被窝，准备睡到八九点再起来。

迷糊中，只听到一阵啪嗒、啪嗒的声音，还有窸窸窣窣的声音，细一听，是来自楼上邻居家，应该是穿了硬底拖鞋走路的声音。

我家楼上住着一对中年夫妻，人很好，女的退休了，男的还在上班。我刚搬进来住时，楼上邻居专门邀请我们夫妻去他们家中坐坐，他们家里装修得体，两位邻居待人亲切，说话非常谦和。平常我们都很忙，在电梯间偶尔相遇时互相间都会很热情地打招呼。住进小区多年了，小区业主群里偶有邻里之间因为互相干扰的事发生，我却从来没有被楼上邻居干扰过，心里非常庆幸。

我们这单元住房结构一样，之前去邻居家时知道，我家主卧房间楼上同样是邻居他们的主卧室，便想着这个时间段是男邻居

起床去上班，估计过几分钟、十来分钟，穿好衣服洗漱好就会离开主卧室，去客厅或餐厅吧。

于是我耐下心来，闭上眼睛，迷迷糊糊，半睡未睡。

过了大约十来分钟，楼上还是不停地有声音传来，没能睡着，于是再忍。

也不知过了多久，楼上除了啪嗒、啪嗒、窸窸窣窣声，还增加搬动东西的声音，另外好像还有拖地一样的声音。我便看看手机，等着楼上静下来再睡。

但事实上，楼上一直没有停止动静，看看手机，已是8点20。这个时间段，是可以光明正大地干活发出噪音的，谁也不好意思去说邻居家发出动静，要怪也只能怪建筑商，房子隔音效果那么差。而我，也早已没了睡意，于是只好起床。退休后第一天懒觉宣告失败。

第二天，早上还是习惯性早早醒来，想着继续睡睡，楼上又是发出啪嗒、啪嗒的声音，还有窸窸窣窣的声音，我揣测着，是主人穿着硬底拖鞋？还是木地板？又或是扫地机器人在拖地板？

我无从猜测，不去想，想继续睡，可是不行，那声音太清晰了！怎么以前就从来没发现呢？也许是以前上班，早上匆忙没留意到吧。

拉过被子捂住耳朵，挡不住声音，啪嗒、啪嗒的声音，声声入耳！

不由有点焦躁，心想着这邻居也太勤快了吧，在忙什么呢？

在床上清醒着躺了一个多钟头，不睡吧，不甘心；睡吧，睡不着。怪难受的，于是起床。

第三天早上也是。白天总是忘记，夜晚又很晚才睡，只是到了早上，被楼上的声音搅醒了，才记起这份噪音。

我在等待着邻居有所改变，我希望他们出去走亲戚或是去旅游，希望他们不要天天拖地不要那么勤快，甚至希望他们也和我的想法一样，睡个懒觉也行。

但是没有，楼上邻居早上的动静一直没停止过。很多天过去了，每天早上 6 点多、7 点左右开始，一直到 8 点多，前后都要持续一个多小时，楼上邻居勤快地在楼上走动、做家务，发出各种清晰的声音，睡眠轻浅的我也一直没睡成一个懒觉。不由想起之前看到有年轻人将清早跳广场舞大妈的音响砸了的视频，那种熬夜的人大清早被吵醒的感觉，我总算深有体会。

我也曾想过要上楼去和邻居好好沟通一下，也曾想请物业管理人员帮我去提个醒。之前曾看到小区业主群里偶尔有邻居因为夜晚噪音在群里交流，却从来没有人因为早上的噪音找物业出面的。而且，人家邻居早上 7 点到 8 点在自己家里走动，在自己家里做家务，人家有什么错呢？

春节期间，每天半夜小区大半人家都还灯火通明，估计和我一样，熬夜的人大有人在。同样，次日早上睡懒觉的估计也大有人在。

我楼上的邻居依旧每天早上 7 点左右，就开始做家务，啪嗒、啪嗒的声音，还有窸窸窣窣的声音，就会将睡眠轻浅的我打搅醒来。

我跟我的朋友说，我们小区哪都好，区位好，交通好，配套好，邻居好，唯独隔音有点欠缺，楼上邻居的噪音真让人有点“烦恼”。

朋友说：“那你就上门提醒或者找物业管理人员啊！”

我说：“不用了！”

是的，不用了！我的邻居早睡早起，这又何尝不是科学的生活方法。长期熬夜，对身体不好，是众所皆知的道理。不知从什么起，熬最晚的夜，起最晚的床，吃最好的补品，贴最贵的面膜，讲最深的养生道理，成为最常见的日常，早睡早起也成为多少人无法达到的自律。

我经常熬夜，有时是工作需要加班，有时是睡前看书，有时是其他使然。多年的熬夜，加上必须早起上班，让我天天顶着个黑眼圈，总是满脸憔悴。也曾多次下决心想要改变这种不良作息习惯，但是一直没有改成。

人退休了，时间相对自由了，保持科学作息习惯对我而言，也许一时不习惯，但生活自律将更加有利于身心健康。现在，楼上邻居按时作息，勤俭持家，健康生活，也许我该感谢他们，他们过的才是正常节奏的日子，该改变的应该是迟睡迟起的我。我乐观地相信，过一段时间，我也会养成早睡早起的健康习惯，毕竟本末倒置才是真正的得不偿失。

（写于 2024 年 2 月 20 日）

来自微信朋友圈的焦虑

因我之前到过多家单位工作的关系，加了不少微信好友，得以看到他们朋友圈丰富多彩的展现。每天看看朋友圈，本是享受，不知什么时候，却逐渐产生出一些焦虑来。

我的朋友圈里看到最多的，是“晒”旅游的。朋友芸，我感觉她就是为旅游而生。她的朋友圈，从 2013 年开始至今，记录了她遍游世界各大洲多个国家地区的所见所感，她去过南极洲看企鹅，而祖国大好河山也基本游到各省的地级市一层，记下了各地美丽风景和独特风土人情。旧同事刘夫妇，每到周末，两夫妻就驱车到周边逛逛，朋友圈中常常“晒”出两人手挽手的身影，以及海滩、都市、花草、美食，几乎没一周间断过，虽然走的地方不远，虽然年过四十，但夫妇那份恩爱，女主人那份开心还是跃然图片上的。李夫妇是我的另外两个同事，退休后，他们结伴其他友人每年有半年以上的时间在外旅游，旅游期间，基本每天更新朋友圈，都是携手相游美好人间的美好画面。另有一些身边的大小同事朋友，朋友圈总是应景“晒”出哈尔滨冰雪节、西双版纳泼水节、桂林民族歌舞节等动人场景……

总之，朋友圈里各种美景、美食、美人照，令人目不暇接，心生羡慕。

其次是“晒”各种特长的。有同事定期在朋友圈里发出练瑜伽的图片，那美丽的身材，明亮简洁的瑜伽场地，柔韧形体的构图，令人羡慕不已。有老友每周周末参加旗袍秀活动，有时还参加商演，活得滋润。刚退休的三名友人，一个被某会计师事务所请去任职，一个被某商会请去当顾问，一个每天在朋友圈“晒”出字画并报出又被购买一空的消息……我这时才发现，我的这些同事朋友们，一个个身怀绝技，各有大招。

还有是“晒”小孩的。好几个老友的朋友圈，每天都会“晒”出她们的宝贝孙子孙女的动态，不仅发朋友圈，还发视频号。我在朋友圈里看着她们的孙辈们从出生的襁褓照、满月照，一直到上幼儿园和小学，吃穿什么，哭笑模样，精彩瞬间，乐此不疲。

此外，还有“晒”其他的，如退休了的姐妹们“晒”集体出游的、跳广场舞的、老年大学活动的；有“晒”团队爬山、做公益服务的，等等。

汇总这些朋友圈的内容，大多有一个共同点，就是持续性，连续“报道”。如果你看了，感觉舒服、高兴，固然好；但如果看了，生出别样的感情来，自然也就有点不痛快，比如，为什么她可以这样，我为什么不行。这种不痛快，就是焦虑。

焦虑不可遏止地产生了，自有它的原因，或许可以从两本书中得到启发。

阿兰·德波顿在《身份的焦虑中》中说，“我们总爱拿自己的成就与被我们认为是同一层面的人相比较”，“每时每刻都被成功人士的故事包围着”，这或许是产生焦虑的重要原因。就如我在欣赏朋友芸的朋友圈，看到她走遍地球山山水水，除了点赞，除了欣赏，我是不焦虑的，因为我和她的差距简直太大了，不论闲暇时间、经济水平、行动能力、热爱程度，哪一点我都与她基本不在同一层面。而我在看到我熟悉的同事们外出旅游拍美照时，我会对外出旅游生出一些向往，心里希望另一半能像别人那样带着我多出去旅旅游；看到身边的同事朋友有各种特长的时候，我也会有一种自己有点笨、能力不如别人的感觉，心里想着要不要也去学个一技之长。

亚当·斯密的《道德情操论》说："被他人注意，被他人关怀，得到他人的同情、赞美和支持，这就是我们想要从一切行为中得到的价值。"这或许提示了朋友圈焦虑产生的另一种原因。我和朋友林上周参加某活动，当中，她发了一个朋友圈，之后，她每隔几分钟就会看一下，看看有多少人点赞和评论。发朋友圈，既是记载生活，也是为了引起世人的关注。对比于朋友林在朋友圈里图文体面的展现，她对获得的点赞数的关心超过了对内容图文本身的关注。

因此，可以说，发朋友圈者本身，也是有一定焦虑的。

朋友问起我，怎么看待朋友圈焦虑这个问题。用时下的话来讲，我的态度是比较"佛系"的，看朋友圈不必太焦虑，发朋友圈的也不必焦虑。

我退休后，偶尔也会发朋友圈。我允许自己有时候无聊一会儿，刷刷手机视频，看看一些自己关注的公众号之类。我允许自己平庸，不用那么优秀，朋友们有的特长，我不必都有。关于旅游，我不埋怨我的另一半和家人，因为他们用另外的方式陪伴我，我也是快乐的。有空的时候我会到图书馆坐坐，听听轻音乐，看些喜欢的书；我也会陪陪父母和家里人，听他们说说话，

一起做饭吃，一起干点活计，或是一起去到陌生的地方走走……所有这些，都会让自己去掉一些浮躁，平静一下心情。所以，我发朋友圈的时候，我挑选自己在意的内容发，挑选我自己喜欢的事情发，不是为了迎合什么，只是为了证明自己的状态，还有自己的热爱。

有空闲，我也会浏览朋友圈。再看朋友圈，心态已经不同。朋友们的有些经历，也许有一天我也会经历到；朋友特有的东西，我很高兴看到它的存在。因此，如果有时间，我们点开朋友圈的每一张图片时，请细细欣赏其中的奥妙，感谢朋友的分享，给予一个温暖的回应（当然，对于敏感的、不认同的，也可以忽略不计）。很多时候，一句简单的肯定，一个小小的点赞，也许会让人觉得生活洒满阳光，心情欢快顺畅。因为，谁都不会拒绝关爱。

（原载于 2024 年 5 月 7 日《南方周末》，收录时有修改）

陪老

我用打电话的方式，非常有限地表达对父母的孝敬

2020年元旦的那天，跟远在内地乡下的老父母打电话，听到了电话那头父母爽朗的笑声，父母安好，这简直就是我收到的新年最好的礼物！

元月2号，与父母电话唠嗑，总体正常。到了3号，正在上班忙碌中，突然接到妈妈的电话，我正想说“妈妈我正忙我等会儿打过来给您”，却听到话筒那边传来妈妈的哽噎声，一丝紧张和担忧立即袭来，不敢大意，连忙细听，却是妈妈思儿念女与老父亲拌嘴引起烦心。知晓了原委，因上班不便，我匆匆安慰几句就挂机了，父母怨气火气仍在。

到了晚上，我专门给远方的父母打电话，长达一个半小时，倾听，劝慰，开导，硬是将原本有一肚子怨气火气的妈妈劝说成笑声朗朗，虽然我在这边已是口干舌燥，但我心欣然，安然。

《论语》中记载过这样一段对话——

子夏问孔子：“何为孝？”

孔子回答说：“色难。”

于丹教授在一次讲座中也说过，儿女有钱了很容易做到给父母买车、买房，但是最难做到的，就是对父母和颜悦色。

我在广东工作，年近九旬的家婆、年近八旬的父母都远在千里之外的湖南。

远隔千山万水，我没有多的时间回去守候父母，更不能候在父母家婆身边端茶递水、洗衣做饭，我有的只是让父母长久的担心，有的只是深深的内心愧疚。

一字不识的老母亲不会微信，也不会发短信，只会用老人机打电话的方式表达她对儿孙们的思念和无比的牵挂。她老人家轮番给儿子儿媳、女儿女婿甚至孙辈们打电话，或问候，或诉说，用她的方式表达殷殷爱意。有时，忙得焦头烂额的年轻人会直白地说一声“好忙啊！最好别打电话”，这时的妈妈会说“我晓得”然后讪讪地挂掉电话。但有时，听力渐弱的妈妈也会在电话那头继续说着话，全然不顾儿女们正在开会、正在开车、正在开心，或是正在生气。

我选择满足妈妈的这一需求，只要不是手头有很要紧的事，只要是妈妈来电，我都会接。如果是在上班时间，为了不影响同事，我会到旁边的会议室接听，因为要大声说，妈妈才能听到。如果是下班时间，我就做好充分准备。打电话的时候，多是听妈妈述说，亲朋好友，人情世故；鸡鸭猪狗，农田菜地；忧愁烦恼，儿孙大事，都是妈妈述说的话题，我的任务就是倾听，忧则劝慰，喜则分享。很多时候，我的手机无电了，或是妈妈的手机没电了，和妈妈的通话才会暂时终止。

家婆和妈妈的耳朵听力似乎越来越差了，我得珍惜机会跟妈妈们多打打电话。

而且，如果我的电话能让父母亲开心顺心，那么，我又有什么理由不接听妈妈的电话、不给妈妈电话呢？

人都将老去。据《“十三五”国家老龄事业发展和养老体系建设规划》，“十三五”期间，我国60岁及以上老年人口到2020年将达到2.55亿左右，占总人口的17.8%左右。要照顾这么庞大的老年人群体，除了政府、社会的力量，儿女、亲人的关爱赡养义不容辞。

我不知道我身边的人们都是怎么孝敬老人的，或许是将老人接到身边尽孝（这是最为完美的了），又或许是通过其他方式。我的父母目前还不愿跟随任何一个儿女到城里生活养老，他们舍不得离开那片生养他们的热土。那片热土地上，有他们青春的奋斗故事，有他们毕生的精神安抚。我们兄弟姐妹尊重父母的选择，只是每天都会与父母电话联系，将父母在故土忙碌的身影纳入我们每天的眼帘。

总有一天，年迈的父母终将远离故土跟随子女生活养老。在这之前，我惟愿我的父母和他们热爱的土地都健健康康，并选择打电话的方式，非常有限地表达我对父母的孝敬，聊以安慰一下自己。

（原载于2020年1月8日《南方周末》，收录时有修改）

妈妈教给我们的事

离家久了，总是很想念远在老家的父母亲。

那天躺在理发店洗头时，看到旁边躺着一位老人也在洗头。一下子不由得又想起妈妈来，妈妈年龄大了，双手抬不起来，人也弯不下腰去，洗头是件很为难的事，要是妈妈也在我的身边，我一定带妈妈来理发店洗头。不，我一定在家里亲自为妈妈洗头。

可是，妈妈不在我身边，我不能为妈妈洗头。

想到这里，我拨通了她的电话："妈妈，你在忙什么呢？"

"我没忙什么啊，今天周末，没什么生意，我正在菜地里摘一些菜叶子回去喂家里几只大鹅。"妈妈说。

"别做那么多事，别累着了啊，快歇歇去。"我心疼地、也是千篇一律地叮嘱妈妈。

妈妈说："没事。我也没什么带给你们的，就养了两头猪和喂了几只鹅，到时你们几兄妹回家也好换换口味。"

一字不识的妈妈永远不知道她为这个世界带来了什么。

当年，妈妈从闭塞的黔东南一处小山村，嫁到当时同样闭塞的湘西小山村。妈妈自小只会刺绣，没进过学堂门，嫁给中师毕业的父亲后，十年间，生下了我们兄弟姐妹五个。加上爷爷奶

奶，我们一家九口人，可算是个大家庭。

在尚未实行联产承包责任制而是出集体工的年代，父母亲两个人的工分要养活全家九口人，显然远远不够。

印象中，从我童年时代一直到少年时代，我的妈妈都是黑黑瘦瘦的，每天不是肩挑就是背扛地劳作。我们家的三餐，大都是稀如淘米水一样照得出人影的白粥，里面掺入大量的菜叶子，吃得一家人个个清瘦如柴。

就算这样，我听得最多的就是父母亲说："崽啊，好好读书，哪怕就是砸锅卖铁，也要养你们读书！"

在不能吃饱饭、吃不到肉的年代，在没有背过书包、没有用过一支完整的笔的年代，在没有任何辅导书、没上过一次早晚自习的年代，我们五兄妹开始了改变我们命运的大学生涯。20世纪80年代初，大哥以县文科状元的成绩考上了当时的湖南师范学院（现今的湖南师大），成为我们公社第一位大学生，临上学，公社专门组织队伍敲锣打鼓欢送我们家老大；两年后，大姐考上大学；四年后，我考上大学；五年后，我的大弟考上大学；1990年，我们兄妹中的老五也考上湖南师大了。

山村里飞出金凤凰，我们兄妹全部考上大学，我瘦瘦弱弱的妈妈，一夜之间成为了省的三八红旗手，而我们的家庭也被评为省的五好家庭。先是公社的妇女主任，后是县里的妇联主席，带着我从未出过远门的妈妈上县里、去地区、赴省里作先进事迹报告，每到一处，妇联主席坐在报告席代表我妈妈念着我父亲写的我们家的先进事迹材料，无数次的报告会，感动了无数的听众。

我的一字不识的妈妈，一定不知道"知识改变命运"这句话，数十年过去了，不论是见面，还是在电话里，妈妈一直在惦

记还有什么可以“带给”我们。母亲她不知道，她用自己辛劳的付出，以自己坚定不移的信念，已经改变了五个儿女的命运，带给了儿女们更宽广和光明的未来。

当儿女们一个个走出了小山村后，爸爸妈妈身边清静了下来。

上个世纪90年代，父母亲陆续收留过几个他们认为可怜的人，时间有长有短，等他们渡过了难关，父母再把他们送回家去。本世纪初，我告别家乡来到了广东，很少得以回家。有一次，等我千里迢迢回到娘家，不由惊呆了，只见家里住了老老小小十几人，基本都是一个老人带一到两个孙子，这些小孩有上小学一年级二年级的，也有上初中的。而我的父母亲则在偏僻的角落开个床铺睡觉。这一切，跟我平日里想象的让父母在家享福的场景相差太远！

我问妈妈：“怎么收了那么多人在家住？”妈妈说：“这些小孩的父母都在外打工，我们家离学校近，他们提出住到我们家，所以我就答应了。”

爸爸也说：“主要我们家出了那么多大学生，大家都说我们家风水好，住在我们家学习就会好。”

我问父母亲：“那你们怎么收费？”

妈妈说：“我们不收钱啊，他们的粪便可以做肥料；他们住我们家，家里就热闹了。”

我没法责怪我的父母亲，只是我们老家全是木房，老人小孩楼上楼下住着，安全问题让人担忧。我和兄弟姐妹一起做工作，妈妈才决心劝退大部分留守老人和小孩，只剩下一老两小住在我们家。

这么多年过去，一年又一年，一批又一批，我不知道，我们

家里住过多少留守儿童和老人。但我知道，妈妈很善良。她自己吃尽了苦头，因而见不得别人吃苦。

岁月流逝，如今，我的妈妈还是一字不识，但我感到，妈妈俨然是我们的人生导师，教给我们勤劳善良的传统美德。

（原载于2018年5月13日《中山日报》，收录时有修改）

输给妈妈的这十年

近期回乡小憩几天，从踏进家门那一刻，到告别父母离开时分，其间所见所闻，感觉一天到晚总是忙忙碌碌的妈妈活得有声有色，自我欢乐，自我陶醉。

细细数来，这十年眨眼而过，我从40多岁到50多岁，妈妈从70岁到80岁。我在城里打拼，妈妈在乡下生活。

这十年，我在城里辗转调动了数家单位，数次变动，数次挑战。人到中年，现实从不给你侥幸的机会，每到一个新单位，重新接手一个新业务，重新结识一批新同事，都是从一个个人认起，从一件件事学起干起。这十年间，仿佛自己一直在被生活推着走，上班下班，养育孩子，赡养老人，买房买车……还真没有认真停顿下来，用心思考过片刻自己最想要什么、最喜欢什么、最擅长什么，内心塞满的多是与同龄人相似的，今日又今日的忙碌和明日复明日的迷茫。

这一次回乡难得陪伴妈妈的几天时光，却让自己感叹这十年光阴是输给妈妈了，因为，只要看看妈妈每天早晚忙碌的身影，就可以清晰地知道80岁的妈妈，最想要的是什么，最喜欢的是什么，最擅长的是什么。

妈妈一字不识，从贵州少数民族地区嫁给湘西的父亲，在物

质相当匮乏的年代，却和父亲一道咬着牙将五个子女全部培养成了大学生、成了国家干部。几十年过去，妈妈和父亲拒绝了子女屡次来接，拒绝进城生活，选择了留守乡村。

妈妈舍不得老家的山和地。

每次回家，妈妈都要带我到自家自留山上，去看她种植的杉木林、松树林、油茶树林，只见漫山遍野，郁郁葱葱。妈妈如数家珍，一一告诉我这是哪年种的，那又是哪一年种的；哪一片林地被村里的牛偷吃了，得补上，哪一片树苗被杂草淹没了，得除草了。翻过一座山，又越过一道梁。妈妈边走边叹息着自己年事高了，几百亩的油茶树林顾不过来，荒芜了。

走完了自留山，妈妈又带我去看她种的菜园子，一块、两块、三块……菜地就在老屋的四周山坡上，种有青菜、豆角、玉米、黄豆。菜地边，是父母年轻时栽下的大杉木树，如今长得需要两个成人才能合抱过来那般粗了。妈妈告诉我说，以后她和父亲百年了，我们兄弟姐妹不用愁寿屋（棺木）的料。菜地边还种有杨梅、青枣、柿子、李子、板栗等各种果树，一年四季总有得果子吃。

妈妈守护着家和老屋。

家坐落在半山腰上，门前有溪流，背后有群山，旁边有中学小学两所学堂。家的老屋是爷爷奶奶置办下的，是传统的四排三巷两层大木屋。房屋是全木质框架结构，冬暖夏凉。房屋用自家山上产的桐树油漆过，而且每隔三五年油一轮，房子墙壁便透出自然的板栗色油光，这样的房子防潮防蛀，可以传承几百年。在少时记忆中，中堂屋左右两面墙壁上全是我们兄弟姐妹的奖状，每逢过年，中师水平文化的父亲会裁剪红纸写春联，然后再把当

年我们新获得的奖状贴到中堂空白的地方，没有空白地方了就覆盖在之前陈旧的奖状上面。那是我们家独特的风景和骄傲。

几十年来，不知有几批人来跟我父母商量要高价购买我家老屋，又说要在我家老屋旁边买地皮做房子，父母自是不答应。所以，多年来，父母给老屋换了屋顶青瓦，不时修缮。妈妈不管外出哪里，总是记挂老屋，能回家就一定不在外留宿，怕的就是如果不在家，怕有人去糟贱老屋。家里养了猪，喂了鸡，养了看家狗。这几年每次回到家，人在前面走，鸡狗后面跟，家里满是烟火气。

妈妈执着于做自己喜爱的事。

妈妈对做生意独有情钟。妈妈做生意的初衷，是见不得家门口学校饿着肚子来上学的孩子。

各村小撤并后，各村的孩子都得步行几里、十几里路到我家门口的中心学校来上学，不少路途远、父母在外打工的留守儿童往往是饿着肚子赶来上学。妈妈看了心酸，便自己包了粽子去校门口卖，有的孩子没带钱就免费送了。后来妈妈又去县城进了些烧饼、棒棒糖之类的回来卖给学生，这是妈妈最早期的生意。后来，妈妈卖的东西多了些，每天用一担箩筐挑了下去校门口，两条凳上摆一门板，摆上些作业本铅笔之类小零碎卖给学生。再后来，货物变成了两挑。

现在，妈妈的生意已经变成了家门口风雨桥头一个固定的小门店，整整齐齐摆满了日常用品和学生用品。妈妈做生意总体是亏本的，不识字的她，有时卖出的价钱远远低于进货的价钱。比如说进价 2 元一盒的方便面她 1 元就卖了。妈妈做生意很准时和坚持，即使生病了也会硬撑着出门开店营业，她怕学生需要买东

西时找不到她。妈妈长期免费提供开水泡方便面，冬天烧了旺旺的炭火给大家烤，会给小学生洗碗筷，这都让她赢得了回头客。

对于妈妈做生意，起初我们做子女的是十分反对的，担心妈妈累着，也惧怕世人议论说子女不孝等。但妈妈很坚持，也很快乐，她觉得她可以方便学生、乡亲，她喜欢守在小摊前跟前来买东西的人们唠嗑，排除寂寞。于是，大哥大姐对我们说，让父母做她喜欢的事，也是一种孝顺。所以，子女们每次回家都会帮着妈妈去城里进货，亏本的钱由子女们补上。

如今，妈妈基本上每周坐客班车进城进货，风雨无阻。只要有学生、路人问到的货物，妈妈一定是以最快的速度进货。现在做生意，进货卖货都是扫二维码付款，这对一字不识的老妈是一个挑战，妈妈竭力学着使用智能手机，并紧紧依靠父亲的帮助，丝毫没有减弱做生意的劲头。

妈妈免费让留守儿童住在家里。

当年儿女都考上大学后，妈妈很好心收养了几个孤儿在家，并用我们兄弟姐妹的读书故事鼓励那些未知事的小孩们，告诉他们读书可以找到好差事的道理。有年回家，正好遇到一个开了小车的人带了老婆孩子来看望我父母，说他是当年住在我们家读完小学初中的一个孤儿，妈妈端详了一会儿，欢喜地叫出了对方原来的小名。

因了妈妈的善心，因了我们家门口有学校，邻村不少在外打工的年轻人都想把留守在家的孩子、老人交到我们家来，既可避免每天起早贪黑地远途奔波，让孩子们能睡个充足点的觉，又觉得可以沾染一点我们家读书的好风气。每次回家，我都会见到家里楼上楼下住了老人、孩子，家里的土灶、柴炉，菜地里妈妈种

的菜，都给了那些陪读老人用，还免收水电费。一到晚上，家里的电视机前总是坐满了老人孩子。我曾劝过妈妈，不要收留老人孩子，太操心了，家里水电开支大，冬天用火也不安全。但妈妈说，想起我们兄弟姐妹小时候的艰难，她就想着能帮一个是一个，还是坚持为留守老人孩子提供免费住宿。

妈妈过得有尊严和价值。

妈妈年纪大了，听力有点下降，两手有点颤抖，加上不懂文化，老人家很少去串门闲谈，怕遭到别人嫌弃。但妈妈很热心公益事务，家门前长长的风雨桥，妈妈是长期的义务清洁工，她要维护家乡风景的良好形象。当地政府因为直播光纤塔的建设需要，要经过老屋门前，要砍掉家周边的果树，要改建妈妈辛苦种的菜地，等等，只要是国家需要的，每次妈妈都是毫不犹豫好好应答说："国家需要拿去好了，我的孩子也是公家人，我懂的。"但当我家祖辈喝水老井被拆除后，妈妈也会一而再地去政府找工作人员要求解决饮用水问题。甚至当得知我有一次因工作强度大劳累病倒时，妈妈心疼地说："为什么不跟你的领导提出来？"我心里承认，我没能像妈妈那样敢于争取，我没有妈妈的坚守，我也不如妈妈那样坚强。

这十年间，妈妈坚守着大山，用自己的微薄之力在山上田里耕种着，在小店里忙碌着；妈妈每天都要给她的孩子们打电话，问候孩子们好不好，也向大家庭每一个成员通报着老家日新月异的每一条信息；妈妈也兼顾着村里红白喜事、人情世故，一年一年关爱着留守老人儿童，长期打点着亲戚邻里关系；妈妈坚守着老屋，怀抱着儿女们退休后回归老家的无限希望。无比坚定的信念，对世界的无限热爱，让年近八旬的老妈妈可以克服寂寞、病

痛、与时代的鸿沟，劳作不止，坚定乐观地向前走。

与妈妈比起来，我只是比妈妈多读了些书，多了些城里职场的见识和经历。这十年间，我丢失的不仅仅是岁月，还丢失了宝贵的去争取属于我自己机遇的勇气。未来的日子，人生虽依旧充满无常、无聊、无奈，但我相信，有妈妈一起，日子更多的将是温暖、信心和希望。

（原载于 2022 年 10 月 3 日《南方周末》，收录时有修改）

父 亲

前天，老父亲来电告诉我他要独自行千里去长沙，照看我弟弟放了暑假的小孩，妈妈因为家里有事，这次不能同行。我一听就紧张了，问他怎么去，坐什么车，弟弟有没有来接。父亲很平淡的样子说，从县城直接坐大巴车去省城，不用接，又不是没去过。于是我反复交代父亲除了衣物，一定要带上手机、银行卡、饮用水，要早点休息等等。想了想，我还是紧张，分别给哥、姐、弟都通报了消息。

一夜都担心，昨天一早醒来，我就揣摩父亲是否已出门，想打电话，又怕他正在行途中不方便接听；不打电话，我又生怕父亲忘记什么了。八点，我忍不住了，打一个电话过去，父亲爽朗的笑声传来，“我已经买好票了，座位挺好，是9号。还有一个小时才发车，我正在吃早餐哩！”

放下点心来，但我还是问：“车号是多少啊？”想记住父亲乘坐车辆的车牌号码。

“不用担心，”父亲说，“车还在车库没开出来哩。”

父亲的精神状态让我放心不少。

不知道从什么时候开始，我总是那么牵挂父亲。

父亲是老牌中师生，他的学问，特别是他的坚强、乐观影响着他的儿女们。现在回想起来，在我的童年、少年时代那样困难的年月，留在我们脑海中是这样一系列的印象：寒冷的冬天，我们全家团坐火炉旁听父亲讲述三国的故事；没有星星的夜晚，父亲高举了火把引我们兄妹跟随他翻山越岭去邻村看电影；耕田锄山劳作的间隙，父亲高亢的歌声驱走了我们年幼尚无力承担的劳动艰辛。在父母艰辛的劳作和培养下，从1980年到1991年，我们兄弟姐妹五人接连考上大学，走出了乡村，父亲因此在老家赢得了普遍的尊重。

父亲是山，是我们坚强的靠山；父亲是水，是我们力量的源泉。

离开了父亲的身边，却依旧留恋父亲的呵护；习惯了独立的生活，却依然共享父亲的世界。

昨天下午五点，弟弟已接到了父亲，话筒那边又传来了父亲熟悉的笑声，我才彻底放下心来。

父亲快七十了，可看上去就像六十来岁。

2007年，我把父母亲接到南方。

有父母亲在身边的日子，感觉十分幸福。每天早上，不用定闹钟，父亲一定会准时叫醒我；下班的时候不用急匆匆赶着去市场买菜和回家做饭，爸妈早就买好菜做好饭等我回家；每次回家，远远就见家的阳台上，父母亲正望着我归来的路；每次饭后，携了父母和小女，一同散步……

在我和先生上班的时段，父亲除了看书和电视，偶尔和门卫下下棋之余，父亲感觉还要做点什么才好。一次散步，他对我说："你在政府上班，找领导说说这条街由我来打扫如何？"又说："安排我到什么大楼守门也挺好。"我每次笑笑，心想，真的

给七十老父亲找工作，只怕会挨世人骂哦。

没想到，父亲竟自己找工作去了。第一次走到一个米行，看见招聘广告，他去应聘，人家问他多大年龄，父亲说六十二（少说了好几岁），人家一听急了，连连说不要。父亲后来有了教训，再到一家米行时告诉人家说他只有五十五岁，可人家老板想了想还是回绝了他。

这是父亲后来告诉我的故事，我问他，为什么要去米行啊，父亲说，看到那米行的米啊一般都是几十斤一袋的包装，又爽快，自己能行。父亲笑着告诉我说："哈哈哈，我说我只有五十五岁老板他们也相信！"

是的，父亲是越活越年轻了。

在我上班的时间，在找不到工作的前提下，父亲带着母亲几乎走遍了我工作的这个小城。每到了周末，父母亲就会邀请我陪他们步行去十几里远的公园和商场。我说那怎么可以呢，还是坐车吧。父亲说："孩子，你上班坐的时间太长了，需要多运动，徒步行走也不错。"于是，在父亲带领下，我也有了步行到公园、商场的经历。

永远都怀念这段时光！

（写于 2009 年 7 月 5 日）

我好羡慕家婆

今年国庆中秋长假期间，我和先生专程回老家一趟，把 88 岁高龄的家婆接到南方来过冬。

为了避免返程高峰，我们特意提前四天离家返广。

我们早上 6 点半，向 1000 公里之外的广东中山出发。原以为不堵车，实际情况却是，原本 10 个小时的车程，我们一直开了将近 22 个小时，于次日凌晨 3 点多才到达中山。这期间，最长的一次长达 6 个小时没法下车，我自己被尿憋得快要撑不住了，而我和先生最为担忧的是，老太太会不会被憋出病来！在广西桂林，3 个小时，才开了 10 公里，这是蜗牛的速度。我几次想停车，带老太太到路边方便一下，老太太都说："我没事！"坐在驾驶室，疲惫的我时不时左扭右扭，变动一下身体，而老太太坐在副驾室竟然稳坐未动，我时不时用手摸摸她的手和肩膀，大声问她坐累了没有，老太太每次都是回答说："我不累，你们开车更累！"

平安回到中山的家，老太太麻利地洗漱好上床休息，早上等我醒来，老太太已在阳台伸展手脚活动筋骨，仿佛昨天只是到赶了个集而已，令眼睛依旧涩痛的我顿生羡慕。

其实，我曾无数次地羡慕我家婆。老太太虽已年近九旬，但

眼睛有神，头脑清晰。除了偶有风湿痛，再就是听力有点弱，需要大声对着她的左耳说话才行；其他，真的是吃得、动得、想得、说得，比许多七十甚至六十岁的人精神还好！如此高龄了，不瘫、不傻，是她自己的福气，也是我们后辈的福分！

记得有一次，我对老太太说："妈妈，我好羡慕您！"

老太太问："羡慕我什么呀？"

我大声回答说："羡慕您八九十岁了，还吃得、动得、头脑灵活；羡慕您有儿女子孙孝敬！"

老太太说："不用羡慕我啊，以后，你也会这么幸福的！"

我笑了笑，我以后年老了，也会这么健康幸福吗？

纵观老人家近九十载人生，和同龄人一样，老人也经历过战争、饥饿、劳碌、病痛等无数艰难困苦，但老人家越活越硬朗、越活越幸福，归结起来，我想大概应该是因为这些原因：

老人家善于感恩心态良好。我家婆大半生磨难，打压不倒，反而激发了老人与困难抗争的勇气。在老人家眼里，就没有克服不了的困难。老人家是新中国成立之前入党的老党员，和许多经历过战争年代艰苦生活的长寿老战士一样，永远保留着一种革命乐观主义精神。老人平时经常看电视新闻，关心国家时事，不仅自己感恩着党和国家，时时有一种满足心态，而且经常教育着家人要追求小家进步，国家发达。加上现在，国家政策好了，老人家有了医保；这一切，让老人心里有底，不慌不乱。

老人家持之以恒重视健康。十五年前，家婆到广东与我们一起生活了两年。当时的家婆风湿严重，手臂几乎抬不起来。一天

用掉两盒风湿膏是常事，往往见她是从脚趾头到膝盖、大腿、屁股、腰椎、肩膀、脖子处处贴满了风湿膏药布，可惜治标不治本。为此，我带家婆访了当地医院一名老中医服用中药。这一开吃，每天一剂，每剂两煎，三天一换，按时服用，足足吃了八个多月，我和先生带她抓药抓得疲惫了，而家婆煎药服药却从不懈怠，以长久的毅力，硬是告别了老年风湿。有一个医生，教会了老人一套体操，这套操要求在每天起床、睡觉时在床上完成，从头上五官、躯体到四肢，每次活动下来要将近 20 分钟，老太太认可了这套操后，至今已坚持了整整十八年，一天也不间断。这两件事耗时长，我想一般人是难以做到的，但我家婆做到了。

老人家儿孙满堂颐养天年。家婆已经当了五届曾祖母。在这个四代同堂的大家庭，不论是儿子媳妇女儿女婿，还是年轻的孙辈们，大家物质上孝敬、精神上孝顺，事业上进取，家庭内和睦，大家庭其乐融融，尊老爱幼家风代代相传。老太太很尊重儿孙辈年轻人，比方说，晚辈孝敬她的水果、牛奶、氨基酸等各种营养品，告诉她一天两次，她会很认真地早晚两次享用，一点也不浪费。年轻人给她买的各种服饰，老太太都会开开心心地穿戴。每天，老人家穿戴体面，生活规律，儿孙辈经常给老人家分享着各种工作、生活消息；每年，带老太太做全面体检，料理身体，老太太得以安享晚年。

老人家邻里友好交往颇多。在老家，家婆与同住小区的三五个老年人经常聚在一起打打扑克，一起练练太极，一起逛逛公园，一起聊聊家长里短。有一次，正在练太极的家婆突然右手不听使唤，是一起运动的邻居们及时发现异常并通知我们家人送往

医院，避免了一起脑梗的发作。如今，时光流逝，和家婆经常聚在一起的老人一个一个走了，再也不见了，家婆安详地面对这一切，依旧热爱着这个世界。

我常常在想，我以后老了会是怎么样，我们这一代人老了会是怎么样。世界在进步，而我们很多人却做不到像我家婆这样好好地过生活养老。比如心态，很多时候，面对困难，我们做不到勇敢；生活在美好的国度，却做不到感恩，缺乏对美好生活的信仰。再比如健康，我们大都懂得健康养生的知识和道理，却熬最晚的夜、吃最好的补品，做不到科学作息和健康饮食。又比如亲情，也许很多人都可以做到重视我们生的人，却往往忽略了生育我们的人，忽视了身边最亲的天伦之乐，转而追求更为遥远的东西。还比如相处，我们或许可以有数十上百个微信好友，却与近邻久不相往来形同陌路人……

还有，我们这一代人，大多数只生育了一个孩子，独生子女未来面对的是配偶双方四个老人甚至是八个老人的养老，先不论到时是否有时间和精力顾及我们，单是那一份情愿会不会持久？我们这一代人，处在手机科技大发展的年代，信息的丰富可以让很多人变得足不出户、四体不勤，各种富贵病是否会接踵而来？

我曾跟家婆笑说我的种种困惑："妈妈，我担心我万一老年痴呆了怎么办啊？"老太太立即回应我说："不会的！我会保佑你！"我感恩老太太的回答，心里在告诉自己，必须提前做好养老的准备。因为不管是政府养老也好，还是社会养老也罢，不管你是相约抱团养老也好，还是与子女同居养老也罢，终究，只有

身体健康才是王道。只有身心健康，才是给国家、给社会、给后人最不添乱的王道。

（写于 2021 年 3 月 1 日）

十八件棉衣背后的压力

国庆长假过后，家婆从内地跟着我们过广东来的时候，带了两口箱子来。

一个箱子是吃食，全是孙辈孝敬她的氨基酸、奶粉、备用药之类的。

另一个箱子，则装满了老太太的衣物。

我给老太太准备的卧室，是榻榻米。当初装修房屋的时候，考虑到双方父母年事已高，为安全方便起见，我和先生特意安置了一间榻榻米。榻榻米下面是三个巨大的抽屉，我帮着老太太把行李箱的衣服取出来，由老太太自己分类放进抽屉。

边放衣服，家婆边说："我的衣服太多了，以后你不要给我买衣服了！"我看见，老太太带的衣服有一长一短两件羽绒服，有棉衣、棉背心、厚毛衣外套、秋衣秋裤、棉裤等等。我心里大抵有底了，就应着她。

刚开始几天，老太太几乎每天都要叨叨几句："我的衣服太多了，记着千万不要再买衣服了，谁买跟谁着急。"我每次听了也就应着，没放在心上。

有一天，婆媳聊天，老太太跟我说，她有十八件棉衣，其他毛衣单衣就更数不清了。老太太把一件一件棉衣羽绒服的来历说

给我听，谁送的，什么时候送的，什么花色，什么料。哪件太大了，哪件太厚重了，哪件有点硬，哪件不暖和，我惊讶老太太的记忆力真是不错，的确有十八件！

在这十八件棉衣中，最早的已在柜子里放置了十五年！

“这些衣服，有十件还是新的，也不知道何时才能穿得完。”老太太说这话的时候，我竟然听不出喜悦。是的，老太太是叹着气说的：“穿也穿不完，穿也穿不烂！”

老太太说的我相信。好几年前，先生家就已是四代同堂，老太太也已经是五个孙子的曾祖母，当然也是大家庭的宝贝，不仅儿子媳妇、女儿女婿孝顺她，孙子孙媳、外孙女外孙女婿也是比赛似地孝敬她。

我每天下班回到家的时候，料理老太太吃过饭、散散步、聊聊天，就伺候老人家洗澡。过了几天，我发现，老太太就带了两套秋衣裤，领口袖口有些紧，布料有些硬。看到我洗澡后穿的睡衣棉棉地很柔和，老太太摸了一下说：“你的睡衣很软很好看。”我笑了笑。到了周末，我专门去了卖睡衣的专店，买回新的碎花棉睡衣，回到家，我先给老太太试穿，老太太见到是给她买的，立即着急地说：“我告诉你别买别买，你们的钱来得不容易，我的衣服太多了！”我看到老人穿了合适，就又洗好晾晒干，当我把干爽漂亮的新睡衣送到她手中的时候，我分明看到了老人满心的喜悦！

广东今年的冬天天气一直很好，真正天冷的日子就只有十来天，老太太从老家带来的加长羽绒服，一直放在柜子里就没动过。过了一段时间，我看到，老人家天天穿着两件红色的毛衣外套，脏了，我给洗了，又穿。久了，我都感觉到视觉疲惫了！

于是，我专门去逛了逛街，给老太太买了一件羽绒服、一件大花棉袄、两条加绒裤回家，让老太太一一试穿，老太太大为吃惊，连连责怪："告诉你别为我买衣服啊！怎么就不听呢？"我也不理老太太的责怪，笑哈哈地给老人试穿，哈！都挺合适！老太太穿上可漂亮了！

（别问我为什么买得那么合适，这里面有个诀窍，我给老人买衣服都是我试穿，再空两个拳头那么大，就行了！）

责怪归责怪，周末我和先生带老太太去公园晒太阳的时候，老太太穿上了新棉衣，好一个喜庆精神的老太太啊！

晒着太阳，老太太不无忧虑地对我说："我有十八件棉衣，你又花钱给我买新衣，给你增加了负担！"老太太还告诉我，原来，在离开老家前，老太太的另外几个儿女，也就是先生的哥哥姐姐再三交代老太太，到广东来，不要给我们增加负担，缺少什么就告诉哥姐们买。现在，看到我们花钱买了新衣，老太太竟然忧愁得不得了！

原来如此！

我对着老太太还有点听力的一侧耳朵大声说："妈妈，那十八件棉衣中，不合适的，不喜欢的，不好看的，穿着不暖和的，摸起来硬邦邦的，通通给它处理掉！"

大抵从来没人这么跟她提过，也大抵从来没有这么想过，这十八件棉衣可以这么处理，年轻时过惯苦日子的家婆一瞬间被我的话惊呆了！

"是的，妈妈，就这样处理！"我再说了一遍。

老太太还是有些顾虑，她跟我说，这些棉衣，有的是外孙女儿上大学时省吃俭用从省城买回的，有的是孙媳妇第一次见面给

奶奶买的，有的是女婿从外地出差专门买的，等等，每一件都有一个故事，都有一份真情。为了能照顾儿孙辈的感情，老太太去儿子家就挑儿媳妇买的穿，去孙子家就挑孙媳妇买的穿，生怕小辈们以为她不喜欢他们的礼物而有意见。“衣服太多了，也不是好事！”老太太感慨说。

我对老太太说，下次回到老家，就把那些不合适的棉衣处理了！

后来，在过年前，我和孩子又陆续给老太太挑选了几件过年衣服，我们给老太太挑选衣服的原则是：舒适、暖和、漂亮、轻巧！

而后来，老太太再也没在我跟前提到十八件棉衣了！

其实，老人也爱美！老人也追求美的享受！孝敬老人，也讲方式，也讲质量。

孝敬老人，千万别给老人太大的心理压力！

（写于 2021 年 3 月 1 日）

老木屋里的寿宴
——回乡为母祝寿小记

农历四月，山盈水丰。我和兄弟姐妹从各地赶回湘西老家，为母亲庆贺八十寿辰。

我小的时候，因为日子清贫，加之爷爷奶奶健在，父母是不过生日的。工作三十多年，我虽心有牵挂，却从来没能回家为父母过个生日，深感愧对父母。

老家山高林密，山多田少。在20世纪物资贫匮的那些年代，年轻的父母要赡养爷爷奶奶，还要养育我们五兄弟姐妹。恢复高考的第二年，十五岁的大哥成为全乡第一个大学生，在乡村干部和中小学生敲锣打鼓的欢送中，带头走出了大山。之后，我们姐弟陆续考上大学，到不同的城市读书工作，自此远离父母，只能隔空思念。

父母赢得远近乡亲的敬重，在老家颇有人望。母亲今年八十大寿，村里乡亲父老起意热闹庆贺。早在两个月前，本家长辈就给我们兄弟姐妹打了电话，父母也忐忑不安地联系我们。我明白父母的心思，他们想见见儿女们，却又担心我们请假回家会影响工作。我顺利办好请假手续，次日即启程回家。

坐高铁跨省过市，搭客车从县到乡，我提前几天突然出现在

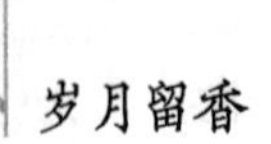

家里，父母喜极而泣。

母亲大寿之日早上，我们把制作好的“感恩父母，祝福父母福寿绵长！”“敬祝爷爷奶奶外公外婆健康长寿！”的长幅祝福标语在家门口展开。鲜艳藤花，五彩气球，大红灯笼，我们兄弟姐妹把这个养育我们的家布置得喜气洋洋。村里能干的年轻小伙、大姑娘、小媳妇，也主动上门前来帮忙张罗寿宴。

中午，客人陆续来到。娘舅家的表弟表妹按家乡风俗献上寿匾，寿匾上书“萱堂八秩麻姑献，城南五尺厚德承”。十里乡亲大多一家一代表前来为母亲祝寿。非常荣幸与难得的是，我的舅舅姨妈们、伯叔姑姑们，及村里的长辈们，一大批花甲、古稀、耄耋之年的老人家也齐聚一堂。我和哥姐弟妹们一一向各位长辈老人请安问好，场面非常温馨。

母亲的生日宴是在家里摆的。老木屋历经数十年沧桑，依旧坚韧挺拔。楼上楼下红圆木桌依次摆放。艳阳下，年轻帅气的大厨戴了油斗笠站在大铁锅前正挥汗炒着红辣椒。每有客人到来，鞭炮齐鸣，腰鼓队便喜庆地敲起来。迎客人进屋，我和姐姐、弟媳立即奉上茶水糖果，弟弟们热情地请坐、递烟、点火，小辈们则用手机抓拍下一幕幕感人情景。

晚宴后，大家分享双层生日蛋糕，六十多岁的大表哥带头唱起了生日快乐歌，在座众人一起响应，欢歌笑语传出几道山弯。傍晚时分，乡亲们说着祝福母亲的话语陆续散去，正是农忙插秧季节，近处的叔伯兄弟们还可以回去插上一垄水田。

安置好各位长辈老人，到了夜晚，只剩下我们兄弟姐妹和一群老表们坐在堂屋前陪同我父母话家常。

母亲自然是很高兴的。这么多子女、亲人、乡亲前来贺寿，

足以见得人们对父母的认可。谈到今天见到的各位叔伯姑姑舅舅姨妈，20世纪六七十年代出生的我们深有感慨。我的父母根在乡村，一直不肯跟随子女进城养老；子女们在城市工作生活多年，身为独生子女的下一辈对乡村生活感受不多，感情不深；而我们这一代，自身退休后回到乡村养老的可能性也不大。那么，今天欢欢喜喜的父母明天又该何去何从？

面对沉重的养老话题，从身边到村里，我们谈得很多，想得很宽。养老之路很漫长，但一定是可以从当下做起，比如让父母得到认可和尊重，比如经常跟老人分享开心事，比如尽可能多地陪陪老人，问问身体，过生日，过年节，说说话……或许，这些都是可以做到的，也是最为有效的点点滴滴。

（原载于2023年6月14日《中山日报》，收录时有修改）

跨国礼物

当我急匆匆跑上轻轨站二楼出口处时，见到了远处拖着大行李箱、背着大牛仔包、提着两个大袋的惠。我紧紧抱了抱她："这么多行李，机场允许你带啊？"

打开车后备箱时放行李时，我分明感觉到了行李箱的分量。

惠是姐的孩子，在新加坡国立大学留学。小巧玲珑的身材，真不知她一个人是怎么带了这么些东西从新加坡飞到广州，又从机场坐20多站地铁到南站，再从南站坐轻轨到我这的。

"回家不用带太多的东西的，比如说换洗衣服。"我边开车边说。

"小姨，我没带多的衣物。"惠说。

回到家中，惠打开箱啊、包的，我一看，全是从新加坡带回的东西。惠告诉我说，都是给家里亲人朋友带的礼物。爷爷奶奶的、外公外婆的、舅舅伯伯的、堂弟表妹的，数来，人太多了！

"你现在是出国留学读书，回来不用带这么多礼物，大家不会怪你的。"

"姨，我知道大家不怪我，"惠说，"但我知道大家都爱我。"她说她在上海上大学时亲人对她的关爱，她说她出国时无数亲人的帮助，她更说从小到大亲人对她的点点滴滴。"爷爷奶

奶现在都老了。”

我知道她的下文。

我没想到，没想到她心里想这么多，没想到她心里懂这么多。

惠只在我家住了一个晚上，她还要坐一天一夜的火车，回她的父母亲人身边。

“我把东西寄快递吧，这样，你在路上方便些。”我说。

“不用了，姨。我怕万一在路上损坏了就拿不出手了。”惠说。

我同意了。站在高铁站进站口，目送她拖一个、背一个、提两样的背影离去，行李把这个小小人儿包围了，泪水模糊了我的视线。

我在想，一个懂得感恩的年轻人，她一定会拥有美好的未来。

（写于2013年12月7日）

哪里的老人最多

早上九点半，我上了501路公共汽车。好不容易上到车，才发现，这趟公交车上的老人真多，较为拥挤的车上，约三分之二的是老年人。坐了十余站，发现不停地有老人下车，又不停地有老人上车，直到我下车，车上老人的比例仍基本保持不变。

按说，现在生活水平高了，人们健康意识强了，单凭外貌是难以判断一个人是否60岁了。但我站在车上，能清楚地看到，那些老人将老年卡骄傲地挂在脖子上，像是工作证似的，一上车，都会到司机背后刷一下卡，然后机器报出是老年卡，让人们立即知道了他们的身份。

车上很挤，站立的老人们摇晃着，让人时不时担心一下，生怕他们摔倒或是扭伤。但他们开心地互相交谈着，好像并不在乎这份拥挤。我尽量往里走，我自己没有座位，所以，也不存在给老人让座，但我会注意尽量别挤着他们。

我细看了一下，车上的老年人中，女性居多，这些大妈们应该在60到75岁之间。特别是在文田市场站，车一停，上来五六位大妈，清一色提着塑料菜篮子，或是购物袋，装了还在挣扎的鱼，或是露出叶子的蔬菜。在后来的站台，她们一个接一个下了车，临别，还互相打着招呼，看样子应该是经常一起去购物的老姐妹了。

不由想起，我以前做老师时，曾在高三一次作文训练中，和学生就老年人坐公交车的诸多现象进行过讨论，至今印象深刻。当时，学生对老年人坐公交车出行褒贬不一，还引发了一场班级辩论。

持正面观点的学生认为，老年人坐公交车，特别是持老年证免费乘坐公交车，一是彰显了党委政府对老年人的关怀，显示了社会管理的进步；二是老年人坐公交车，从“宅”在家中到走出家门，有利于身心健康；三是老年人坐公交车出行，给家人减轻了负担，也减少了环境污染。

持反对意见的学生认为，一是老年人一般起得早，大清早挤占了公交车资源，给上班族和学生上班上学带来较大的影响；二是大部分老人一直有着年轻人必须让座的观念，殊不知，有时上班的上学的一天下来已是十分辛苦，坐在公交车上已是十分疲惫，坐车就是一种放松和享受，这时真的不想让座，但不让座，又会惹起老人的不满。

老年人起得早，去公园遛遛锻炼锻炼身体，去菜市场买点菜帮年轻人减轻点负担，等等，这本来是好事，但能否也多体谅一下上班族和学生，错开时间再去坐公交车呢？

这些，毕竟是往事。此刻，见到这些年龄不一的老人，见到这些即使把座位全让出来也还不够他们坐的老人，我在想的是，老年人越来越多了，政府是否应该更多地考虑一下，这些老人，除了公交车，还有什么交通工具适用呢？

（写于2017年3月5日）

带老父母乘坐飞机

父母来广东住了一段时间后，计划在清明节期间回乡。我问乡下父母亲，我们是自己开小车回，还是乘坐高铁，还是乘坐飞机，现在最想坐的交通工具是什么。父母亲异口同声说，想坐一次飞机。我和兄弟姐妹商量，决定满足父母的愿望。

我的父母虽然是农村老头老太，但因为去儿女家和探亲访友的缘故，去过的地方也不少。曾经乘坐轮船从长江头游到长江尾。去过安徽、浙江、福建、湖北、广东、广西等地，加上母亲是贵州人，父亲是湖南人，老人家也算是走了小半个中国。父母亲大半辈子了，坐过马拉车、拖拉机、小货车、客班车、小轿车、绿皮火车、动车，以及小船、大轮船，唯独没坐过飞机。

提早半个月，我就开始查询从广东三个机场（白云、宝安、珠海）到老家芷江机场所有的班次，发现仅有一趟航班直飞，但起飞时间是早上六点。这意味着我们为了准备工作，几乎得通宵未眠。但父母说可以不睡觉，没关系。我考虑到父母的身体和出行的安全，纠结着没有买票。

三月下旬，我意外发现，深圳宝安机场航班时刻表从三月三十一日起重新调整，直达家乡的飞机由早上六点改为中午一点多，真是天助我也！这个时间段真是太好了！

小伙伴邱邱热情相助，帮忙抢购了机票，我和家姐到中山西区候机楼联系了专车相送，在阳光明媚的早上出发，我们顺利到达机场，一切都是最好的安排。

父母亲跟着我在机场取票，寄存行李。过安检时，父母亲对工作人员要求检查他们随身带的包包，有些担心；对要求掏出口袋的东西更是不解。母亲离开家时口袋里背了几粒糖也被要求掏出来，老人家以为不可以带，有些害羞和不安。

我安抚着母亲，对着她的还有一些听力的右耳轻声说着："妈妈，他们只是看一看，没事没事的！"待检查过后，我将那些糖粒重新背进妈妈口袋，母亲这才安下心来。父亲却不怕，除了配合，老人家还不停地跟工作人员说着话，只可惜，工作人员并不理睬，老人家依旧笑呵呵的。

父母亲坐飞机，我是有点担心的。担心航空公司不让高龄老人登机，又担心父母坐飞机会身体不适。但这一切担心都是多余的。在乘坐飞机的过程中，父母亲仿佛就是坐在家里一样，除了不能随意走动，其他都很自然，父亲全程都在拍摄窗外的云朵，俯瞰大地的风景。母亲见了父亲着迷的神态，说："你把那个小窗户打开，不是拍得更清楚吗？"

就在不经意间，飞机已在家乡芷江机场着陆。母亲感叹着："好快！中午在广东吃的饭还没消，下午就到家门口了！"父亲也说："我们这个国家真好，现在的人都享福了！"我和家姐与父母在机场合影留念，留下这段美好的回忆，圆了父母这个美好的梦想！

（写于2024年10月20日）

带八旬父母去现代化的影院看了场电影

我一直有个强烈想法，想带父母去看场电影。因为，我小时候，父母亲曾无数次带我们兄弟姐妹翻山越岭穿过黑夜去别的大队（村）看露天电影，现在，数十年过去了，我想带父母去现代化的影院看场电影。

下午2点，我和家姐陪同父母走进电影院。巧的是，这个时间段这个电影厅只有我和父母及家姐四个人，等于包场了！电影院的工作人员，一个漂亮的小姑娘，非常热情地给我们挑选影片，让我终于实现了我久久的愿望。

我的童年少年时代，除了学校发的语文数学书，再没有其他书可看，也没有其他精神文化可享受。每年，稍微富裕点的大队，会请来电影放映队，只要知道了消息，父母亲便会带了我们兄弟姐妹翻山越岭穿过黑夜去隔壁村看电影。大哥扛了长条凳走在前，大姐举了向日葵杆做的大火把，我牵了大弟弟，父亲背了小弟弟走在后，我们父子一行人爬上老屋背后的大山，走过一道又一道山梁，父亲边走边唱着“十五的月亮升上了天空哟——”，高亢的歌声在山里回荡，惊飞了一窝窝熟睡的鸟儿。

印象中，我们几乎没看过一场完整的电影，因为路太远，等我们赶到时，往往只能看到电影尾声，看不出个名堂。挂在山坡

菜地里的一块大白幕布、密密麻麻看电影的人头、钻来钻去追闹的孩童，倒是给我留下了深刻印象。

我那时太小，现在几乎记不得看了些什么电影，只是记住了几句“北风那个吹，雪花那个飘”大约是电影《白毛女》里面的歌曲。小弟弟就更有趣，年幼的他趴在父亲宽敞的脊背上，家背后的山还没走完，他就睡了。到了目的地，父亲把他从背上滑下，横放在膝盖上抱在怀里，小弟依然不醒，然后回家路上继续在父亲背上睡得香又甜。现在想来，小弟等于是看了个“假电影”。

虽然我们大都只是看个半拉子电影或是“假电影”，但父亲只要听得周围村庄十里范围内有放电影，是一定要带了我们兄弟姐妹去看的，一个也不少，依旧是大哥扛了长凳，大姐举了火把，我牵了大弟弟的手，父亲背了小弟。慢慢地，我们逐渐长大，小弟也能走了，那时有好几次，我们几乎是小跑了去，这样，就能从头看到尾，也慢慢能悟出些道理，比如电影里长得好的必定是好人，那些长得丑的肯定是坏蛋。这种简单的文艺现象，曾经很长一段时间影响着我，我总是在照镜子的时候看看自己是不是长了个好人的形象。

电影院的设备很完善。我牵着母亲的手、姐牵着父亲的手走进放映厅，给父母亲挑选了有按摩功能的座位坐下。老人家抚摸着红黑相间厚实的沙发座位坐下。整面墙壁大小的巨大的电子屏幕，早已不是当年挂在村里山坡小树上乒乓球桌般大小的幕布；现代化的音响灯光和色彩，演绎着神奇的一幕幕故事。所有这些，让父亲母亲看得非常投入，一直满眼好奇，全程满心欢喜。看着父母亲满足的表情，我也倍感欣慰，终是圆了我陪同父母看

场电影的愿望。

时光如流水。父亲带我们兄弟姐妹看电影的美好时光一去不复返，乡村文化也早已与时俱进更新换代，但我仍然觉得，童年少年时代跟随父亲翻山越岭去看的白色银幕的半拉子电影，是我看过的最美好的电影。而作为儿女，我们也终于让父母看上了他们人生中最美好的电影。

（写于 2024 年 10 月 21 日）

后　　记

不管您相不相信，我写这本小书，最重要的一个原因，是为了我乡下一字不识的母亲和热爱读书的父亲。我的父母亲都已高龄，身体状况也越来越不理想，我急于出一本书，亲自递到两位老人手里。

20世纪八九十年代，在湘西南大山深处，我的农民父母在最为困难的环境下，把他们所有的儿女全部培养成了大学生。我们兄弟姐妹依次从大学毕业后，全部进城工作，吃上了国家粮。而我的父母一辈子面朝黄土背朝天，深居在乡村。

"你上班是做什么？"我刚工作时，母亲问我。

"我坐在屋子里写字。"我告诉妈妈。

"那样好，不用晒日头，也不用淋雨。不用肩挑，也不用扛锄头。"母亲松了口气说。

"换了单位了，你上班是做些什么？"我中年时，妈妈问。

"我还是坐在屋子里头写字。"我说。

"写字都可以有工资，那就好好写。"妈妈说。

"你上班做些什么？累么？"妈妈问年过半百的我。

"妈妈，我还是坐在屋子里头写字。"我说。

"有那么多的字要写吗？写了几十年，写成了书么？"妈

妈问。

我不知怎么回答。

“女儿写的是公家的文字，你不懂。”有中师文化水平的父亲帮我对母亲做解释说。

“我读了那么多本书，都没读到自家儿女的书哩。”父亲又自言自语地说。农村没什么书，但父亲只要到儿女家，就会取回一本书，从头看到尾，很专心地读完。这一点，父亲跟我们年轻人不一样，我和身边的很多人家里都会有一些书，或是可以去图书馆里看书，但我们很少能平心静气从头到尾完完整整看完一本书，我们有一些浮躁，因此看书多是浮光掠影、走马观花。

父母的话，可谓一语惊醒梦中人！是啊，我工作几十年，辗转多家单位，但主要都是做文字工作，要说写的文字，累加起来应该也可以是好几本大部头了，可是，妈妈看不见！不识字的妈妈永远都无法理解女儿工作生活的世界！而爱读书、读了很多书的父亲，也没能读到女儿的书。

那一刻，我萌生了一个念头：写一本书献给我亲爱的父母亲。

体制内的人，工作繁忙哪有多的闲暇时间啊？特别是从事单位文字工作的人，工作往往都要加班加点才能完成，要自己写一本书，谈何容易啊！但是，时间不等人，父母亲正在迅速老去！我仿佛看到时间从我的身边跑过，时间带走父母亲的健康，带走父母的视力、听力和思维能力……

好在工作之余，在报刊、杂志上，我发表了不少小文字；又在QQ空间、微信朋友圈、微信订阅号上写了上千篇文字。这些文字，写人情、写社会，写感想、写思考，写的是我的人生，还

有几十年来与我这个人有关联的千丝万缕。于是，一退休，我便立即着手挑选梳理一些杂记、随笔文章，共挑选出六十四篇小文，后又按出版社编辑老师的意见删掉十篇，共五十四篇。这五十四篇文字，闪耀着善良、坚强、感恩、正向的岁月光亮，我把她们取名为《岁月留香》，希望结集出版，成为一本父亲和母亲心中的“书”。

这本册子，本来是可以更丰满一点的，但由于水平和时间有限，也许并不能做到尽如人意。

说本可以更丰满一点，是因为里面大多数文章都是我写于以往，本可以从以往上千篇的稿件中去挑选合适的编辑成书。但退休后因为种种原因，时间仓促，挑选了“贵人”“闲事”“世象”“陪老”四个板块的文章，彼此之间似乎关联不大，既无逻辑，也不成体系，于是也就成了某种遗憾。但人的一生，谁又不是满怀遗憾呢？就如我人生走过的路，我在政府多个部门单位做公职人员，所从事的职业，就像这本书里的文章一样，彼此之间没有关联，既无逻辑，也不成体系，生活工作的地点散落在内地和南方沿海相对发达的地区，既遇崇山峻岭，又见海滨平原，喜怒哀乐，春夏秋冬，但我就是这样走完了几十年的职业之路。

叔本华有句话：“我们发现一个伟大的小说作家，通常要到50岁才能创作出他的鸿篇巨制。”一篇有深度、有内涵的自成韵味的散文也是如此。有友人读了我的一些文章后评论说，看似平淡无奇，实则厚重深情，看似朴实无华，实则哲思深远。也有人说，思想家就像美酒一样，久经岁月的历练沉淀，年纪越大越睿智越通达。我已过50岁，也不是思想家，但《岁月留香》里收集的文章，是我不同时期工作之余写的点点滴滴，写的是对最普

通人们的善意和理解，也是数十年岁月历练不同时期不同角度的沉淀和感悟。

比如，我一直相信困境和压力对成就一个人的作用。《妈妈教给我们的事》写的是在偏僻的农村少数民族地区，我的目不识丁的母亲和父亲“在不能吃饱饭、吃不到肉的年代，在没有背过书包、没有用过一支完整的笔的年代，在没有任何辅导书、没上过一次早晚自习的年代”，艰难培养五个子女考上大学的故事。一字不识的妈妈永远不知道她为这个世界带来了什么，她一定不知道“知识改变命运”这句话，一字不识的妈妈俨然是我们的人生导师，教给我们勤劳善良、不惧困境等诸多传统美德。

也许是传承了父母优良的传统美德，我一直对帮助过我的人生贵人，心存感恩，万分感激。第一编“贵人”，选录了几篇写人生贵人的文章。《八年班主任坤师》写于 2023 年的教师节前夕，次日教师节当天发表于《南方周末》，坤师是当了我小学、中学八年班主任的人生启蒙老师，他教给我的基础习惯、要自尊自信自强等教诲，让我受益终身。《闻生一家》记叙我南下广东后遇到的闻哥、陈姐一家人，二十多年的相处，是他们让我感受到了人世间最为宝贵的信任、温暖和亲情！《这些师傅们》是底层兄弟姐妹带给我的生活温暖，《大家风范》是京城高校教授长辈与我们小家庭相处的不同寻常。还有工作生活中遇到的各位贵人阿东、丽霞、力彤、张医生等，他们相伴在我的人生旅途中，成为我人生靓丽的风景和一路前行最为温暖坚强的力量。

第二编“闲事”，闲事实则不等闲。世间烟火，岁月生香。《漂亮嫂子》《弟弟是谁》《波哥戒烟》《女儿工作了，过年我给她发了这样一张奖状》写的是亲人亲情。“我上大学时没有棉衣毛

衣穿。每当冬天来临，冻得瑟瑟发抖的我，就会把跑步取暖当成最佳选择。”这是物质贫乏的岁月给一个农家姑娘的馈赠。“跑多了，结果，被大学体育系的一个老师发现了，把我选进了校田径队”，“很少有人知道，我大学时代曾经当过校运动员，而且参加的项目较多：女子100米跨栏……参加过田赛、径赛、球类大大小小无数次比赛，拿过金、银、铜牌，或是没奖牌。很少有人相信，可事实就是如此。”写作《感恩我的大学体育生涯》时，我仍然泪湿眼眶。大学三年的运动时光给予我的良好体质和坚强毅力，足以支撑我走过最为艰难的岁月。

第三编“世象”，撷取点滴世象。《叛逆》通过父子对话写出大家熟悉的青春期成长与蜕变；《一碗菜汤洒了之后》《见面交谈》《在家里请人吃饭》《呼吁“40秒的问候”》看似日常平常生活小场景，却隐藏了人与人之间交往的小哲理；《三个舞者》《从没想到我的办公电话成了热线》《配一口假牙只需两小时？警惕对乡村老人的诈骗》关注社会现象；其他篇目以平民视角，写出亲人、邻居、同事、朋友之间的人情世故。人生微常，自带亮光。

第四编“陪老”，我在生活中与几位老人家多年相处，对老年人的生活情感需求了解颇深，对“陪老”问题常作思考。随着老龄化时代的到来，养老、懂老、爱老、陪老，是不可回避的问题。《跨国礼物》写的是“90后”的感恩孝老故事，在本篇章大多为“60后”视角的陪老故事中，尤显突出。我平日在这方面写的稿件相对较多，本想积累独立成册，但担心以后难以成书，于是也挑选一些，一并纳入这本书。

这本小书的写作和编辑，很荣幸一直得到《南方周末》编辑温翠玲女士、中山市人大办蓝松涛先生、原中山日报社副总编辑徐小江先生、中山市作协原主席吴从垠先生、中山市作协副主席谭功才先生，以及中山大学出版社编辑赵冉老师等的悉心指导与鼓励帮助。徐小江先生还专门拨冗为本书作序。他们都是我的良师，给予我业余写作以许多热情鼓励和指导帮助。“闲事”“世象”都是我直觉地记下的生活场景和所思所想。我曾经开通了公众号，却因为没有时间经营而停止。本想让这些文字躺于心间，是他们鼓励我大胆迈出出版这一步。在此，谨对他们表示衷心的感谢。

我本普通，所写也就是普通人生。但普通，不等于没有价值。岁月逝去，仍留芬芳。惟愿此书能给各位读者带去些许轻松与思考。同时，当此小册真正成为“书”时，我能尽快送达我年迈父母亲手中，并亲自读与父母听。如若能成，也就达成了我出此书的愿望了。